Ebenfalls von Ellis Blackwood

Die Brampton-Hexenmorde

Ein Fall für Samuel Pepys 1

Ellis Blackwood

Vintage Mystery Press

Umschlaggestaltung, Redaktion & historische Faktenprüfung: Tim Brown, A.S.C. (i. R.)

Zusätzliche Redaktion: Charles Johnston

Titelillustrationen lizenziert von shutterstock.com.

Für Soren, meinen liebsten Nachwuchsautor.

Contents

Chapter One

Pepys erzählt vom Hexenfinder

*L*ondon, September 1666

Samuel Pepys schauderte, als er das dünne Pamphlet aus dem Regal seiner Bibliothek zog, so viel missratene Bosheit enthielt es. Auf dem Einband war der Titel gedruckt: *Die Entdeckung der Hexen*. Und der Name des Autors: Matthew Hopkins.

Pepys kannte die Geschichte nur zu gut, hatte das Pamphlet schon viele Male gelesen.

Hopkins, der selbsternannte Hexenfinder-General, war 1647 gestorben, doch sein Name lebte fort. Er und sein Komplize John Stearne hatten mindestens hundert Hexen aufgespürt, gnadenlos verhört und an den Galgen geschickt. Wären die Aufzeichnungen sorgfältiger geführt und geteilt worden, hätte die wahre Zahl sogar dreimal so hoch sein können.

Auf der Suche nach diesen armen Geschöpfen war Hopkins zu Pferde durch die Grafschaften Suffolk, Norfolk, Essex und Cambridgeshire gezogen. Und nach Huntingdonshire, wo Mr Pepys' Eltern und seine Schwester Paulina im Dorf Brampton lebten.

Erst gestern hatte Pepys erfahren, dass Paulina der Hexerei beschuldigt wurde – und dass ihr Leben am seidenen Faden hing.

Es war, als sei der Geist Hopkins' zurückgekehrt, um ihn zu quälen.

Es war der Morgen nach dem Brand, der in der Pudding Lane ausgebrochen war.

Noch in derselben Nacht hatte Pepys seinen neuen Protegé, Jacob Standish – Sohn seines kürzlich verstorbenen Freundes und Kollegen Sir Miles Standish – beauftragt, seine kostbaren gestohlenen Tagebücher zurückzuholen und den Dieb zu fassen. Es war Pepys' Art, sich um den etwas unbeholfenen jungen Mann zu kümmern, während er ihn zugleich einer nützlichen Aufgabe zuführte. Es würde Jacobs Charakter schärfen und ihm ein Handwerk geben: das des *Inquisitors*.

Als Jacob zögerte, diese Verantwortung zu übernehmen, gestattete Pepys seiner jungen Magd Abigail Harcourt, ihn bei den Ermittlungen in den nächtlichen Straßen Londons zu begleiten. Er wusste, dass sie ungewöhnlich scharfsinnig war und die schattigeren Winkel der Stadt besser kannte.

Zu seiner Freude war ihre Mission ein Erfolg gewesen. Während Jacob bisher unentdeckte Beobachtungsgabe bewies, erwies sich Abigail als die feinere Inquisitorin. So war Pepys nur allzu bereit, die beiden auch für diesen neuen Fall wieder zusammenzuschicken: um seine Schwester vor dem Galgen zu retten.

Pepys stand gegen sechs Uhr am Sonntag, dem 2. September, auf, nachdem er in den frühen Morgenstunden von dem Brand in der Stadt erfahren hatte. Er hatte das Flammenmeer von einem oberen Fenster seines Hauses in der Seething Lane über die Dächer hinweg betrachtet und es für hinreichend weit entfernt gehalten, um sich keine Sorgen um sein eigenes Wohl zu machen. Also war er wieder zu Bett gegangen.

Jacob gesellte sich an diesem Morgen zum Frühstück zu Pepys, an einem feinen Eichentisch im Speisezimmer. Sie sprachen nicht über das Feuer, sondern über Matthew Hopkins und Paulina Pepys.

Der Raum war mit dunklen Holzpaneelen verkleidet und wurde vom Tageslicht zweier bleiverglaster Fenster erhellt, die auf die Straße hinausgingen. Als Clerk of the Acts beim Navy Board – einem der höchsten Verwaltungsbeamten der Marine – führte Pepys einen Haushalt, der seiner Stellung entsprach. Karten und Gemälde von

Marineschiffen hingen an den Wänden, und auf einem kunstvoll verzierten Anrichtebrett prangte ein glänzender Messingquadrant (von Abigail poliert). Anderswo stapelten sich Teller, Schüsseln und Zinngeschirr, bereit für die Mahlzeiten.

Sein Haus, dreistöckig, stand auf dem Gelände des Navy Board. Es verfügte über Ziergärten, die Pepys gern seinen Besuchern vorführte, und lag westlich des Tower of London. In jenem weitläufigen Steingefängnis waren sowohl Elisabeth I. als auch ihr Lieblingsentdecker Sir Walter Raleigh eingesperrt gewesen, und Heinrich VIII. hatte dort seine unglückliche zweite Frau, Anne Boleyn, hinrichten lassen.

Pepys, dreiunddreißig, trug ein wallendes, cremefarbenes Leinenhemd und Seidenkniehosen. Seine Perücke hatte er noch nicht aufgesetzt, sodass man sein verfilztes braunes Haar sah, das er notdürftig gekämmt hatte. Mit seinem bereiten Grinsen hatte er das Aussehen eines Mannes, der das Leben genoss.

Jacob, elf Jahre jünger, war von eher düsterer Natur. Er trug noch immer dieselbe Kleidung wie am Vorabend, nachdem er in einem Gästezimmer geschlafen hatte: einen ausgeblichenen schwarzen Rock mit Weste und ausgebeulten Kniehosen. Auch er war zum Frühstück unbedeckt und sein sandfarbenes Haar ungepflegt und fettig, wie es üblich war. Er war groß und kräftig, doch schienen seine Gliedmaßen manchmal ein Eigenleben zu führen.

Würde man in die Schlacht ziehen, würde einem der Anblick eines solchen Mannes an der Seite – furchtlos und imposant – das Herz erfreuen. Erst später, wenn man merkte, dass er gestolpert war und mit dem Gesicht im Morast lag, könnte man es sich anders überlegen. So war Jacob Standish.

Als die Küchenmagd Mary Blythe ihnen Brötchen mit Butter und kaltem Braten servierte, reichte Pepys Jacob sein Exemplar von *Die Entdeckung der Hexen*. Die grob gesetzten Seiten enthielten Hopkins' Verteidigung seines Gewerbes, als Antwort auf wachsenden Zweifel und Empörung.

Auf der Titelseite stand:

Als Antwort auf mehrere kürzlich den Assisenrichtern für die Grafschaft Norfolk vorgelegte Anfragen. Jetzt veröffentlicht von Matthew Hopkins, Hexenfinder, zum Nutzen des ganzen Königreichs.
M. DC. XLVII.

„Seht, was Hopkins unter das Jahr schrieb", drängte Pepys.

Jacob las laut vor: „Exodus 22,18. Du sollst eine Hexe nicht am Leben lassen.'"

Pepys stöhnte. „Wie ich Euch berichtete, Mr Standish, meine Schwester Paulina ist der Hexerei angeklagt, und ihre Lage ist in der Tat sehr ernst. Sie mag eine Bürde für meine Geduld sein, doch ich wünsche der armen Frau wahrlich kein Leid."

Jacob lachte, was Pepys einen scharfen Blick entlockte. „Aber, Sir. Das Land ist nicht mehr wie zu den finsteren Tagen Hopkins'. Hexerei jagt den Menschen noch immer Schrecken ein, doch neigen sie nicht mehr dazu, die Angeklagten zu verdammen. Wann wurde zuletzt ein armes Mädchen für Hexerei gehängt? Sicher liegt das schon viele Jahre zurück?"

„In der Tat", gab Pepys zurück. „Wissenschaft und Vernunft haben inzwischen Einzug gehalten, und die Angeklagten wurden zu Recht freigesprochen. Doch unlängst erfuhr ich von einer neuen Gefahr aus dem Heim des Matthew Hopkins in Manningtree, Essex: sein Sohn, Simon. Der Junge ist zum Mann gereift und hat, befeuert vom Geist seines Vaters, die Hexenjagden neu entfacht. Obgleich viele sich gegen ihn stellen, schert er sich nicht darum. Und er bedient sich derselben schrecklichen Methoden wie sein Vater."

Pepys beschrieb, ironischerweise, einen Mann, der selbst von einem Dämon besessen schien. Dieser Mann, Simon Hopkins, hatte nun Paulina Pepys im Visier.

Jacob wusste im Großen und Ganzen über Hexerei Bescheid, hatte sich jedoch nie näher mit dem Thema befasst. Pepys hingegen, ein eifriger Leser und Autodidakt, selbstverständlich schon, und er gab sein Wissen gern weiter. „Ihr müsst Euren Feind kennen, Mr Standish", erklärte er seinem jungen Schützling.

Vor allem hatte Pepys das bahnbrechende Werk von König Jakob I. aus dem Jahr 1597, *Daemonologie*, studiert. Dasselbe Buch hatte Matthew Hopkins zu seinem Handwerk inspiriert und ihm Wege gezeigt, eine „echte" Hexe zu erkennen.

Eine Methode bestand darin, die Gliedmaßen der Beschuldigten zu fesseln und sie in einen Teich oder Fluss zu werfen, um zu sehen, ob sie sänken. Wenn sie schwammen, so glaubte man, habe das Wasser – das für die christliche Taufe stehe – sie zurückgewiesen und als Hexe gebrandmarkt. Wenn sie sanken, galten sie als unschuldig, konnten aber – und taten es in vielen Fällen – ertrinken.

Obwohl der Einsatz von Wasser zur Schuldbeweisung faktisch illegal war, leugnete Hopkins dreist, jemals diese Methode angewandt zu haben.

Er war ein gottesfürchtiger Puritaner, und sein Weg sei ein rechtschaffener, erklärte er. Hexen, so verkündete Hopkins, hätten dem Teufel die Treue geschworen und Gott sowie Jesus Christus verleugnet. Das Land müsse von ihrem Bösen gereinigt werden.

„Du sollst eine Hexe nicht am Leben lassen."

Als Pepys diese Gräuel Jacob erklärte, steigerte sich der von Natur aus lebensfrohe Mann regelrecht in Rage. Er begann wütend auf die Illustration von *Die Entdeckung der Hexen* zu deuten, seine Wangen glühten und seine dunklen Augen blitzten vor Zorn. Sie zeigte zwei sitzende Frauen in einfacher Landkleidung, die – von Hopkins beaufsichtigt – ihre tierischen Vertrauten zu sich riefen.

Diese Vertrauten – oder „Imps", wie Kinder glaubten, dass sie heimlich in jedem Feld und Gebüsch lebten – galten als Agenten des Teufels und sicheres Zeichen für Hexerei. Das auf der Titelseite abgebildete, gottlose Menagerie dieser Imps musste jedem Mann das Fürchten lehren. Jedes Tier trug einen Namen.

Unter den Missgeburten waren Jarmara, ein dicker, zotteliger Hund mit stummeligen Beinen, und Vinegar Tom, ein langgezogener Windhund mit dem Kopf eines Ochsen. In *Die Entdeckung der Hexen* beschrieb Hopkins, wie Vinegar Tom später zu einem kopflosen vierjährigen Kind wurde, das sechs Mal um den Raum rannte und „an der Tür verschwand".

„Kein vernünftiger Mensch kann solchen Unsinn glauben!", wetterte Pepys (obwohl die dargestellten Frauen – Elizabeth Clarke und Rebecca West aus Essex – tatsächlich gehängt worden waren). „Hopkins und seine Spießgesellen haben diesen armen Geschöpfen viele Tage und Nächte den Schlaf entzogen, bis sie jede Teufelei gestanden, die er ihnen zuschrieb!"

Jacob, überwältigt vom feurigen Eifer seines Mentors, brachte kein Wort heraus.

„Habt Ihr nichts zu sagen, Mr Standish?", fragte Pepys.

Da bemerkten die beiden Männer eine Gestalt in der Tür. Die Hausmagd Abigail Harcourt stand schon eine Weile dort.

Neunzehn Jahre alt und zierlich, besaß sie auffallend türkisfarbene Augen. Sie trug das Dienstmädchenkleid aus Unterrock, Rock und Strümpfen, alles aus Wolle gegen die herbstliche Kühle, und ein Leinentuch bedeckte ihr zurückgebundenes rotes Haar. Sie war seit Sonnenaufgang auf den Beinen, trotz nur drei Stunden Schlaf, und war beim Putzen neugierig auf die Tiraden ihres Herrn im unteren Stockwerk geworden.

Aus Respekt vor den Männern senkte sie den Blick. „Guten Morgen, Master Pepys. Mr Standish." Dann fügte sie kühn hinzu: „Nach dem, was Ihr eben gesagt habt, können wir gar nicht früh genug nach Brampton aufbrechen."

Pepys brachte ein dünnes Lächeln zustande, in dem er etwas von sich selbst in jüngeren Jahren in dem Mädchen wiedererkannte. Abigails Vater, ein Drucker, hatte ihr Lesen und Schreiben beigebracht, und sie war eine eifrige Autodidaktin, was Pepys sehr begrüßte. Scharfsinnig und selbstbewusst, trotz ihres niedrigen Standes, bewunderte er sie insgeheim.

Er und seine Frau Elizabeth waren kinderlos geblieben, und manchmal fragte er sich, ob seine Zuneigung zu Abigail dem Stolz ähnelte, den er für eine Tochter empfunden hätte.

„Eile ist in der Tat von größter Wichtigkeit", sagte er. „Obwohl der Bramptoner Magistrat, Bulstrode Bennett – ein unanständiger Narr, den ich leider kenne – Simon Hopkins gerufen hat, hörte ich, dass der Hexenjäger zuerst nach Cambridge reiten will. Wenn ihr euch beeilt, könntet ihr Paulinas Unschuld noch vor seiner Ankunft beweisen. Andernfalls… kennt ihr meine Befürchtungen."

„Dann sollten wir aufbrechen", drängte Abigail. „Meine Tasche ist gepackt."

Pepys verschränkte die Hände und nickte ernst. „Und ich habe vorausgeschickt, dass man euch beiden denselben Respekt erweisen soll, wie er jedem Pepys gebührt. Ihr seid meine vertrauten Angestellten."

Abigail zog eine Braue hoch; sie konnte nur hoffen, dass es so sein würde. „Seid Ihr bereit, Mr Standish?", fragte sie. „Der Wagen von Cripplegate fährt um zehn Uhr ab."

„Ich möchte erst mein Frühstück beenden", entgegnete Jacob hochmütig.

Pepys funkelte ihn an.

„Oder ich nehme es mit", lenkte Jacob ein, steckte sich ein Stück Braten in die Tasche und erhob sich.

Chapter Two

Mit der Kutsche von Cripplegate

Ferne, drängende Stimmen hallten wider, als sie die Seething Lane verließen, und im Westen stieg eine gewaltige Rauchwolke auf. London war Brände gewohnt, da seine Gebäude größtenteils aus Holz bestanden. Schon im 12. Jahrhundert hatten die Stadtväter verfügt, Häuser aus Stein zu errichten, um Brände zu verhindern. Doch die Bürger missachteten dies und wählten die billigere Option: Fachwerk.

Starker Wind fachte die Flammen zum Herzen der Stadt und hinunter zur Themse, wo Lagerhäuser brannten und die enorme Hitze Öle, Alkohol und Talgvorräte entzündete. Die Glut wurde so unerträglich, dass Tauben tot vom Himmel fielen.

Sogar die London Bridge stand in Flammen. Glücklicherweise stoppte eine große Lücke zwischen den Gebäuden auf der Brücke die Ausbreitung des Feuers und verschonte so das Südufer des Flusses.

Während Jacob und Abigail zu Fuß zu ihrer Kutsche hasteten, stieg Samuel Pepys auf den Turm des Tower of London, um einen besseren Blick auf den Brand zu bekommen. Sichtlich besorgt, eilte er dann per Boot nach Whitehall, um König Karl II., den er durch seine Arbeit für die Marine kennengelernt hatte, persönlich zu warnen.

London brannte.

Zeugen der sich entfaltenden Katastrophe, beschlossen die Inquisitoren, nach Osten zu reisen, dem Bogen der Stadtmauer folgend bis zu ihrem Ziel Cripplegate. Das würde größtmöglichen Abstand zwischen sie und den Brandherd bringen.

Jacob beklagte, dass ihm keine Zeit blieb, nach Hause zurückzukehren und Vorräte für die Reise zu holen. Das Hemd auf seinem Rücken trug er schon seit mehreren Tagen. Abigail riet ihm, dankbar zu sein, so weit entfernt von den wandernden Flammen zu wohnen. (Standish lebte im wohlhabenden Westminster, außerhalb der Stadtmauern.)

Über die Hart Street kamen die Inquisitoren nach Aldgate, dem östlichsten Tor der Stadt. Die Londoner Stadtmauer war von den Römern errichtet worden, um die antike Stadt Londinium zu umschließen. Im Laufe der Jahrhunderte war sie erweitert und wiederaufgebaut worden. Innerhalb der Mauern herrschte geschäftiges

Treiben; jenseits davon grüne Felder und weidende Tiere, die aus Wales und Schottland herangetrieben und für den Markt gemästet wurden.

Aldgate selbst, wie alle großen Stadttore Londons, war in die Mauer eingelassen. Ein imposantes Steingebäude mit Türmen zu beiden Seiten eines Bogens, breit genug, um Kutschen und Fuhrwerke passieren zu lassen.

Die Bürger Londons waren zahlreich auf den Beinen. Marktstände boten alles an, von Steckrüben bis Werkzeug, und der Duft von frischem Brot und warmem Essen erfüllte die Luft.

Ein Standplatz für Fiaker nahe dem Tor wimmelte von Kutschern, die ihre Pferde versorgten, während sie auf Fahrgäste warteten.

„Ich bin letzte Nacht schon genug gelaufen", sagte Jacob und stieg in eine der Kutschen. „Heute fahren wir."

Abigail, deren Wochenlohn von einem Schilling bedeutete, dass sie gewöhnlich alles zu Fuß erledigte, stimmte gern zu. Die Zeit drängte – sie hatten nur noch eine Stunde, um die Zehn-Uhr-Postkutsche nach Huntingdon zu erwischen.

Dem Verlauf der Stadtmauer nach Westen folgend, kamen Abigail und Jacob an Bishopsgate und Moorgate vorbei, zwei der nördlichen Stadttore, sowie an den hoch aufragenden Kirchen St Augustine Papey und All Hallows. Von dem erhöhten Gelände aus sahen sie die brennenden Kirchtürme näher am Fluss, rochen den Rauch und hörten die fernen, verzweifelten Rufe der Londoner, die das Feuer bekämpften oder flohen.

Wenn sich die Windrichtung nicht änderte, fürchtete Jacob, würde es nicht mehr lange dauern, bis auch das Finanzviertel um die Lombard Street, ja sogar das Zentrum des Handels, die Royal Exchange an der Cheapside, in Schutt und Asche lag. Die Stadt, wie er sie kannte, verschwand.

Dies war eine Katastrophe wie keine andere.

„Wie viel von London wird übrig sein, wenn wir zurückkehren?", fragte Jacob laut.

Abigail biss sich auf die Lippe. „Ich mache mir Sorgen um Master Pepys' Haus. Wird es verschont bleiben?"

Der Kutscher musste es gehört haben, denn er rief nach hinten: „Wird schon so einer von den Fremden gewesen sein, der's angezündet hat", sagte er. „Franzmann. Oder Niederländer, am ehesten."

„In der Tat", entgegnete Jacob.

Abigail, die solche Vorurteile ihrer Mitbürger gewohnt war, schwieg.

Cripplegate war eines der belebtesten Tore Londons und führte nach Norden zu den beliebten Vororten Islington und Hoxton. Die Straße führte schließlich bis nach Chester, von wo aus man Boote nach Irland nehmen konnte.

Der Hauptbogen des Tores war mit einem eisernen Fallgatter ausgestattet, das im Falle eines Angriffs gehoben oder gesenkt werden konnte.

Das Bauwerk selbst verfügte über zahlreiche Fenster und Unterkünfte im oberen Stockwerk. In einem dieser Räume residierte der mächtige Mann, der die Themse überwachte: Londons Wasser-Bailiff, zugleich Oberhaupt der ehrenwerten Gilde der Fischhändler.

Heute war Cripplegate geschäftiger als je zuvor, denn die Menschen flohen zu Hunderten aus der Stadt. Sie drängten und stritten, während Händler, scheinbar völlig unbeeindruckt, weiterhin ihre Waren anpriesen.

„Ist das unsere Kutsche?", fragte Abigail und deutete auf eine große Postkutsche nördlich des Tores, vor die vier kräftige Pferde gespannt waren. Es stellte sich heraus, dass es tatsächlich die richtige war.

Ihre hölzerne, geschlossene Kutsche hatte zwei große, achtspeichige Hinterräder und zwei kleinere Vorderräder. Der Wagenkasten war funktional rot gestrichen, die Räder schwarz, und das Ganze wirkte wie eine vergrößerte Version einer Fiakerkutsche.

Glas befand sich nicht in den Fenstern, nur hölzerne Läden zum Schutz vor Wind und Wetter. Auch wenn sie schwer und unbeholfen aussah, erschien sie Abigail – die noch nie in einer Postkutsche gefahren war – wie der Inbegriff von Abenteuer.

Im Innern war Platz für sechs Passagiere.

Als Abigail, von Jacob hinaufgewinkt, den Fuß auf die Trittstufe setzte, sah sie bereits ein älteres Paar drinnen sitzen, einander gegenüber. Sie waren heftig am Streiten.

„Warum hast du mir kein Kissen mitgebracht, Humphrey?", verlangte die Dame.

Humphrey zwinkerte Abigail zu. „Weil dein Hinterteil, Millicent, genug gepolstert ist!"

Daraufhin begann Millicent, ihren Mann mit einer Tasche zu verprügeln.

Als Jacob den Wagen betrat und dabei eine imposante Erscheinung abgab, verstummte die alte Frau mitten in der Bewegung. Sie legte die Tasche wieder auf ihren Schoß, räusperte sich demonstrativ und verzog verächtlich die Nase.

„Ach je", sagte sie und musterte den zerzausten Inquisitor. „Wie... bedauerlich."

Ihre Mitreisenden waren Humphrey und Millicent Worthington, beide um die sechzig. Er war rundlich und jovial, mit buschigen grauen Nasenhaaren, die wie ein winziger Schnurrbart wirkten. Trotz der kühlen Luft, die ihren Atem sichtbar machte, schwitzte er unablässig und tupfte sich ständig die Stirn. Er trug eine Samtweste mit auffälliger Uhrenkette und einen befederten Samthut, den er hartnäckig nicht abnahm.

„Nimm den Hut ab, Humphrey!"

„Ich werde nicht, Millicent." Wieder zwinkerte er Abigail zu. „Er hält meinen Kopf zusammen."

Millicent schlug ihm aufs Bein. „Hör auf, dem armen Mädchen zuzuzwinkern! Sie hat kein Interesse an dir!"

Die langgeprüfte Dame verströmte einen Hauch verblasster Eleganz. Ihr silbernes Haar war zu einem strengen Knoten gebunden, ihr fein gezeichnetes Gesicht lief spitz auf eine nach oben gerichtete Nase zu. Ihre kalten Lippen waren zu einem ständigen Schmollmund geformt.

Beide waren in modische und elegante, wenn auch etwas aus der Mode gekommene Kleidung gehüllt.

Als die Kutsche in Richtung Stevenage aufbrach, wo sie die Nacht verbringen würden, dröhnte Mr Worthington: „Ich muss euch unbedingt vom Tuchhandel erzählen!"

Und obwohl beide Inquisitoren innerlich stöhnten, tat er genau das.

Bis zu seinem Ruhestand im Jahr 1656, erzählte Humphrey ihnen, sei er ein erfolgreicher Tuchhändler gewesen. Er habe es bis zum Meister der Ehrwürdigen Zunft der Tuchmacher gebracht, einer der Großen Zwölf Zünfte Londons. Diese Zünfte waren die mächtigsten und einflussreichsten Handelsgilden der Stadt und bestimmten das tägliche Leben und die Geschäfte maßgeblich.

Er sprach weiter über die Kunst des Färbens, die Feinheiten der Wollsortierung und die subtilen Qualitätsunterschiede zwischen den Fellen verschiedener britischer Schafrassen. Er erläuterte das Fertigmachen von Tuch und die Kunst des Webens. Er schilderte die Prozesse des Walkens, Rauens, Scherens und Pressens.

„Hör bitte auf, Humphrey", flehte seine Frau. Sie hatte Abigail und Jacob bisher klar unter ihrem Stand betrachtet, begann nun aber, Mitleid mit ihnen zu empfinden.

Doch Humphrey redete weiter. Über Bankette, Handelsabschlüsse, Wohltätigkeitsarbeit… Es war ein ermüdender Wirbelwind der Selbstbeweihräucherung, und Abigail fragte sich, ob sie jemals erlöst würden. Bei ungefähr vier Meilen pro Stunde, rechnete sie, würde es noch eineinhalb Tage dauern, bis sie Brampton erreichten. Sie hoffte inständig, dass die Worthingtons nicht so weit reisen würden.

Es war nicht zu leugnen: Humphrey Worthington, Meister der Ehrwürdigen Zunft der Tuchmacher, war der König der Kutsche – und ein wahrhaft königlicher Langweiler.

Kurz vor Stevenage jedoch, wie es der Zufall wollte, wurde er von einem Straßenräuber angeschossen.

Der Feldweg war immer schlechter geworden, je weiter sie sich von London entfernten, sodass der Kutscher anhalten musste, um ein Rad zu reparieren, das in einer

Furche beschädigt worden war. Da schlug Humphreys Angreifer zu, trabte auf sie zu in Umhang und Kavalierhut, das Gesicht von einem weißen Schal verhüllt.

Diese gesetzlosen Reiter waren auf den Hauptstraßen aus London hinaus eine ständige Gefahr, besonders auf der Great North Road, der auch Abigail und Jacob folgten. Oft waren es Männer, die nach dem letzten Bürgerkrieg keine Arbeit gefunden hatten: verzweifelt und gefährlich.

„Füll den Beutel!", knurrte der Straßenräuber, drückte Mrs Worthington mit der einen Hand eine Steinschlosspistole ins Gesicht und warf ihrem Mann mit der anderen einen Leinensack in den Schoß.

„Tu etwas, Humphrey!", kreischte sie.

Jacob sprang auf, vergaß jedoch das niedrige Dach, stieß sich den Kopf, verlor das Gleichgewicht und fiel rücklings gegen die Tür. Die flog auf, und er landete benommen auf dem Boden.

Humphrey Worthington ergriff die Gelegenheit, stürzte sich auf die Pistole des Räubers, die sich dabei löste und eine Bleikugel harmlos durch die offene Tür auf der anderen Seite feuerte. Abigail meinte, die Luft an der Nasenspitze wirbeln zu spüren.

„Jetzt hab ich dich, Halunke!", rief Worthington, wohl wissend, dass eine Steinschlosspistole nur einen Schuss trug. „Du wirst dafür hängen!"

Der Straßenräuber ließ den Sack fallen, zog eine zweite Pistole aus dem Gürtel, richtete sie auf den pensionierten Tuchhändler und schoss. Ein Feuerschlag, ein scharfer Knall, eine Rauchwolke und der stechende Geruch von Schwarzpulver erfüllten die Luft. Worthington fiel nach hinten.

„Oh Himmel!", keuchte seine Frau.

Der Schal rutschte ihm vom Gesicht und enthüllte einen verängstigten Burschen, kaum zwanzig Jahre alt, mit einer auffälligen Narbe von Mund bis Ohr. In Panik ließ er die Pistole fallen, griff nach Worthingtons Taschenuhr und stürmte davon.

Im King's Arms von Stevenage eilten Bedienstete herbei, um den stöhnenden Worthington aus der Kutsche zu tragen, während seine aufgelöste Frau abwechselnd jammerte, schluchzte und ihm die Stirn tupfte. In Wahrheit war es nur ein Streifschuss, doch Humphrey Worthington war nicht der Mann, der auf einen großen Auftritt verzichtete.

Endlich, nach rund dreißig Meilen quälender Reise, waren die Inquisitoren endlich allein. Die Sonne war untergegangen, und die Nacht brach herein.

Abby war in ihrem Leben noch nie so weit von London entfernt gewesen. *Die Luft riecht hier draußen so anders, so seltsam rein*, dachte sie. Und wenn sie nach den vertrauten Geräuschen der Stadt lauschte, hörte sie nur den Wind in den Bäumen und das Krächzen einer Krähe.

Das King's Arms war ein beeindruckend großes Post-gasthaus, das das ganze Jahr über viele Tausend Reisende beherbergte. Seine Holzrahmen, waagerecht, senkrecht und diagonal gesetzt, waren schwarz gestrichen, die Flechtwerk- und Lehmwände weiß gekalkt. Die Fenster, paarweise oder zu dritt angeordnet, trugen rautenför-mige Bleiverglasung, und die Dächer waren mit roten Ziegeln gedeckt.

Draußen hing ein großes Schild mit dem Wappen von König Karl II. Noch vor kurzem hatte das Gasthaus „The Cromwell" geheißen, doch der Wirt hatte weise die Seiten gewechselt.

Drinnen loderte in den Kaminen das Feuer, und es herrschte fröhlicher Lärm, dazu der Geruch von Braten-fleisch, Hopfen, Pfeifenrauch und menschlichen Aus-dünstungen. Jacob und Abigail aßen gebratene Hammel-brust und besprachen den Fall.

Nach ein paar Krügen Bier kamen seine hartnäckigen Selbstzweifel zum Vorschein. „Ich bin nur ein Scharla-tan, Abigail", stöhnte Jacob und kratzte sich durch die Perücke am Kopf. „Du warst es, die den Tagebuchdieb entlarvt hat, nicht ich. Ich tauge nicht zu dieser Aufgabe: langsam im Denken und anfällig für Fehler. Das Leben von Mr Pepys' Schwester könnte verwirkt sein, wenn wir ihre Hexerei nicht widerlegen können. Der Einsatz ist gewiss zu hoch."

Sie verdrehte ungeduldig die Augen. „Mr Standish, es war unsere gemeinsame Anstrengung, die uns hierher geführt hat. Du hast einen scharfen Blick für Details, und du unterschätzt deinen Verstand. Nur wenn wir das zusammen angehen, können wir erfolgreich sein."

Er musterte sie skeptisch.

Sie schob sich eine lange rote Haarsträhne hinter das Ohr und beugte sich zu ihm. „In deiner Abwesenheit bin ich so gut wie unsichtbar. Ich kann das nicht ohne dich schaffen."

„Dann hoffe ich von Herzen, dass ich weder dich noch Mr Pepys enttäusche", erwiderte er leise.

Jacob fragte Abigail, was sie über Hexerei wisse, in der Hoffnung, es sei mehr als das bisschen, das er von seinem Mentor aufgeschnappt hatte.

Jacob war ein gescheiterter Zahlmeisterlehrling der Marine gewesen, verantwortlich für die Versorgung der Mannschaft mit Lebensmitteln und Tabak. Von seinem Vater verwöhnt, wusste er wenig über weise Frauen und ihre Vertrauten. (Sir Miles Standish, Vermessungsbeamter der Marine, war kürzlich unter verdächtigen Umständen gestorben. Sowohl Jacob als auch Pepys glaubten an Mord – ein Geheimnis, das Jacob unbedingt lösen wollte. Doch fürs Erste hätte er alles gegeben, um diesen Fall zu lösen.)

Von ihrem Herrn ermutigt, hatte Abigail Pepys' Exemplare von König Jakobs *Daemonologie* und Matthew Hopkins' *Entdeckung der Hexen* gelesen. „Ich weiß genug", sagte sie ihm. „Aber auf dem Land ist es anders. Dort ist Hexerei ein Teil des Lebens. Ich weiß nicht, was uns in Brampton erwartet, aber ich weiß, dass der Aberglaube stark sein wird."

„Fürchtest du dich vor Hexen?"

„Nicht vor den Hexen", erwiderte sie und presste die Lippen zusammen.

„Du möchtest mir etwas sagen?"

Abby zögerte, schüttelte dann den Kopf. „Vielleicht eines Tages."

Jacob zahlte in dieser Nacht einen Schilling pro Person für die Zimmer, und sie schliefen tief und fest. Am nächsten Tag würden sie Brampton erreichen.

Die Inquisitoren hofften inständig, dass die Worthingtons sie dabei nicht begleiteten.

Chapter Three

Nach Brampton

Millicent Worthington schnappte sich Abigail und Jacob beim Frühstück aus gekochten Eiern und Brot, wie es üblich war. Sie und Humphrey würden sie nicht weiter in Richtung Huntingdon begleiten, erklärte sie ihnen, da er sich noch von seiner schmerzhaften Wunde und dem Schock des Überfalls erhole. Die Inquisitoren spielten Enttäuschung vor.

„Er bat mich, Ihnen das hier zu geben", fügte Millicent hinzu und reichte Jacob ein Buch.

Der Titel lautete: *Von Farben und Färben: Ein ausführliches Kompendium der Kunst und Wissenschaft des Färbens von Stoffen mit zahlreichen Rezepturen zum Färben von Wolle, Seide, Leinen und Baumwolle, bestimmt für Tuchmacher, Tuchhändler und alle Personen von neugieriger Neigung.*

Der Autor: Humphrey Worthington, Meister der Ehrwürdigen Zunft der Tuchmacher.

Die Weiterreise verlief erfreulicherweise ungestört, auch wenn der Straßenzustand immer schlechter wurde und für Stöße, Ruckeln und Gerumpel sorgte.

Abigail unterwies Jacob weiter in den Grundlagen der Hexerei, in der Hoffnung, dass ihm das gewonnene Wissen Selbstvertrauen schenken würde. Als sie geendet hatte, nahm er ihre Hand.

„Ich bin Ihnen sehr zu Dank verpflichtet, Abigail Harcourt", sagte er ernst. „Es erscheint mir seltsam, dass wir einander noch vor zwei Tagen völlig unbekannt waren, und nun sind wir untrennbar verbunden."

Sie drückte seine Hand. „Eigentlich wäre da etwas … Da wir doch nun Master Pepys' Inquisitoren sind …" Jacob überlegte nur kurz, sie darauf hinzuweisen, dass allein ihm der Titel verliehen worden war. „… wäre ich Ihnen sehr verbunden, wenn Sie mich Abby nennen würden."

Er wich vor Überraschung zurück, stieß sich den Kopf an der Kutschwand und ließ seinen Hut zu Boden fallen. Grinsend hob er ihn wieder auf.

Abigail lachte. „Mr Standish, Sie sind …"

Jacob fiel ihr ins Wort. „Abig … Abby, wenn ich Sie so anreden soll, dann ist es nur recht und billig, dass Sie mich Jacob nennen."

Nun war sie an der Reihe, überrascht dreinzublicken. „Mr Standish, bitte, Sie verstehen nicht! In meiner Stellung …"

Doch er wollte nichts davon hören.

Und so wurden aus unseren Inquisitoren Abby und Jacob.

Kurz nach Mittag hielt die Kutsche in dem malerischen Städtchen Biggleswade, rund zwanzig Meilen vor ihrem Ziel. Sie nahmen ihr Mittagsmahl im Old Bell ein, einem bescheidenen Gasthof mit Strohdach, wo Jacob sich frisches Wild gönnte.

Der Koch hatte das Rebhuhn mit saisonalen Kräutern, Zwiebeln und Apfel gefüllt und in Scheiben mit einer Soße aus dem eigenen Bratensaft serviert. Dazu gab es Karotten, Pastinaken und Steckrüben sowie das übliche Brot, um die Soße aufzutunken. Dazu tranken sie dünnes Ale, da selbst außerhalb der Stadt die Wasserqualität zweifelhaft blieb.

Obwohl Abby, die noch nie Wild gegessen hatte – abgesehen von dem einen oder anderen heimlich „geretteten" Rest von Pepys' Tisch –, das Fleisch recht gehaltvoll fand, verschlang sie es gierig. „Wenn ich so frei sein darf … Jacob? Sie scheinen ein Mann von einigem Vermögen zu sein."

Jacob schob sich einen Löffel Gemüse in den Mund. „Nach dem tragischen Ableben meines Vaters erbte ich eine nicht unbeträchtliche Rente, Zeugnis seiner Voraussicht und Großzügigkeit. Zudem hinterließ er mir ein stattliches Stadthaus in der Strand Lane." Er stockte.

„Er hat für mein Wohl gesorgt, doch ich gäbe all das hin, wenn er dafür zurückkehren könnte." Schließlich schluckte er schwer.

Als sie seine Verstimmung spürte, fragte Abby rasch: „Also braucht Ihr Master Pepys' Geld gar nicht?"

„Mr Pepys bat um meinen Dienst, und ich hätte ihm niemals abgeschlagen. Er und mein Vater waren enge Freunde, und sie schworen auf dem Sterbebett meines Vaters einen Eid in Bezug auf mein Wohlergehen. Mr Pepys ist seither in Güte mein Patron und Mentor geworden, was ich weit mehr schätze als jedes Vermögen."

„Lebt Eure Mutter noch?"

„Das tut sie, und sie residiert nach wie vor in Standish Hall in …"

„In Greenwich! Ich konnte es von meinen Gemächern aus sehen, als ich bei der Familie Yaxley lebte! Ihr seid Jacob Standish! Einer der Standishes – von Standish Hall!" Sie schlug sich an die Stirn. „Und ich nenne mich eine Inquisitorin!"

Jacob hob eine buschige Braue und räusperte sich. „Tatsächlich … es war nicht … also …" Er verstummte.

Abby tadelte sich derweil weiter. „Vielleicht habe ich es nicht erkannt, weil Ihr nicht gerade …"

„… wie ein Gentleman aussehe?" Jacob sah sie entschuldigend an. In seinem staubigen, befleckten Aufzug wirkte der großgewachsene, ungelenke Mann in diesem Moment eher wie ein verlorenes Kind.

Nach dem Essen kehrten sie zur Kutsche zurück, um den letzten Abschnitt ihrer Reise anzutreten. Als die Schwere ihrer Aufgabe ihnen wieder bewusst wurde, kam das Gespräch auf die Hexerei zurück.

Jacob griff ihren früheren Austausch auf. „Als ich Euch fragte, ob Ihr Angst vor Hexen hättet …"

„… sagte ich Euch, dass ich nicht vor den Hexen selbst Angst habe."

„Was meintet Ihr damit?"

Sie seufzte. Er hatte ihr Persönliches anvertraut; da war es nur recht, ihm im Gegenzug ebenfalls zu öffnen. „Erinnert Ihr Euch an unsere vorige Ermittlung, wegen der gestohlenen Tagebücher? Wir saßen in einer Fähre auf der Themse, auf dem Weg zu Isaac Cornfield. Da erzählte ich Euch, mein Vater sei im Gefängnis Clink gestorben …"

Jacob nickte.

Sie leckte sich die aufgesprungenen Lippen. „Ich sagte nicht, auf wessen Wort hin er dorthin kam. Es war Matthew Hopkins", sagte sie. „Der Hexenjäger-General."

Abby erklärte, dass ihr Vater Ambrose, ein Drucker, Pamphlete verbreitet hatte, in denen er den Hexenprozess von 1645 vor den Essex Assizes kritisierte und Vernunft über Hysterie stellte. Eines dieser Pamphlete geriet in die Hände von Matthew Hopkins, der empört war und es seinem streng puritanischen Verbündeten im Parlament, Sir Tobias Mortimer, vorlegte.

Mortimer, der die Schriften als Angriff auf die puritanische Autorität und die gesellschaftliche Ordnung deutete, nutzte seinen Einfluss, um Ambrose Harcourt verhaften zu lassen. Wegen aufrührerischer Schmähschrift angeklagt, wurde Abbys Vater von einer Justiz verurteilt, die damals von einer Hexenhysterie ergriffen war.

Man steckte ihn zur Untersuchungshaft ins berüchtigte Gefängnis Clink. Mortimer wollte ein Exempel statuieren und setzte erneut seinen Einfluss durch. Aufgrund der entsetzlichen Haftbedingungen starb Abbys Vater innerhalb eines Jahres an Skorbut.

„Diese Hysterie schürte Matthew Hopkins. Ich verlor mein Zuhause und meinen Vater – und das alles geht auf ihn zurück", sagte sie zitternd vor Emotion. „Nun stehen wir seinem Sohn gegenüber."

Abigail kannte die Familiengeschichte der Pepys gut und erzählte sie Jacob. Ihr Herr hatte seit seiner Kindheit Huntingdonshire besucht. Samuels Vater, der ebenfalls John hieß, war im benachbarten Cambridgeshire geboren. Pepys Senior zog mit vierzehn nach London, um ein Schneidergeschäft aufzubauen, und schickte den jungen Samuel auf die Huntingdon Grammar School. Über die St. Paul's School in London und das Magdalene College in Cambridge machte der kluge junge Mann durch Familienkontakte die Bekanntschaft von Lord Henry Fairfax.

Fairfax war der Grundherr von Brampton und eine einflussreiche Figur in der Marine, der etwas in Pepys erkannte – Ehrgeiz, Zähigkeit, Klugheit – und ihn unter seine Fittiche nahm. So wie Jacob für Pepys war, so war Pepys für Fairfax.

Pepys arbeitete daraufhin für Fairfax, was ihn schließlich zu seiner hohen Stellung beim Navy Board führte. Der wohlhabende Grundherr beschäftigte außerdem Samuels Onkel Robert als Verwalter auf seinem Anwesen in Brampton, Ravenscourt Manor.

Als Robert Pepys 1661, also vor fünf Jahren, starb, so erklärte Abby, vermachte er sein Haus im Dorf Samuels Vater John. (Das Testament wurde angefochten. Doch Samuel, der als Testamentsvollstrecker fungierte und sich selten eine köstliche Erbschaft entgehen ließ, setzte sich erfolgreich gegen die Widersacher durch und übernahm das Haus.)

Samuel setzte seine alternden Eltern dort ein – sicherlich überzeugt, dass die Landluft dem Smog Londons vorzuziehen sei – und schickte auch seine Schwester Paulina mit, um ihnen als Haushälterin zur Hand zu gehen.

Seine Mutter Margaret, Tochter eines Metzgers, hatte elf Kinder geboren, von denen – in einer Epoche, in der, wie Abby nur zu gut wusste, weniger als zehn Prozent das Alter erreichten – nur vier überlebten. Neben seiner Schwester Paulina hatte Samuel zwei jüngere Brüder, Tom und John.

Er besuchte Brampton regelmäßig, um nach Mutter, Vater und Schwester zu sehen und seinem Mentor Fairfax Aufwartung zu machen. Man konnte nicht sagen, dass er seiner Schwester besonders nahestand – gegenüber Abigail hatte er sie einmal denkwürdig beschrieben als „nicht schön im Gesicht" –, doch fühlte er sich als einflussreicher älterer Bruder offenbar für sie verantwortlich.

Er hatte Jahre damit verbracht, vergeblich zu versuchen, sie mit seiner Meinung nach passenden Männern zu verheiraten, und musste dabei zu seinem Verdruss feststellen, dass sie einen eigenen Kopf hatte.

Heute jedoch, als die Inquisitoren Brampton erreichten, war Paulinas Sorge, sich mit einem ehrbaren Herrn niederzulassen, wohl ihre geringste.

Als die Kutschenräder durch Wasser platschten, streckte Jacob den Kopf zum Fenster hinaus. „Ich sehe nur Felder und Wasser, kein Haus weit und breit", sagte er.

Ihre Route hätte eigentlich an Brampton vorbeigeführt und stattdessen im benachbarten Huntingdon geendet. Da sie jedoch seine einzigen Passagiere waren, erklärte sich der Kutscher für ein Trinkgeld bereit, einen kleinen Umweg für sie zu machen.

Als die Kutsche schließlich vor dem Gasthof The Bull hielt, waren Abby und Jacob so steif und schmerzgeplagt von der rumpelnden Fahrt, dass sie förmlich aus der Kabine fielen. „Bei allen Heiligen!", rief Jacob, während er sich umsah. „Es ist dunkel und still hier. Mir ist, als sei der Mond vom Himmel gefallen."

Er hatte recht: Nachts war es in Brampton tatsächlich sehr dunkel und still. Das bescheidene Dorf schmiegte sich um die Kirche St. Mary Magdalen aus dem 13. Jahrhundert, die nur wenige Schritte entfernt aufragte, und war ringsum von flachen Wiesen und Wäldern umgeben, soweit das Auge reichte.

Für Jacob, der Londons Enge gewohnt war, fühlte es sich an wie das Ende der Welt.

Zwei Meilen nördlich lag die Marktstadt Huntingdon, zwanzig Meilen südöstlich Cambridge. *War Simon Hopkins wohl schon in Brampton*, fragte sich Abby, *und ging dort bereits seinem unheilvollen Werk nach?*

Ihr Herr hatte ihr von Brampton erzählt. In der nahegelegenen Portholme Meadow, das wusste sie, gab es Windmühlen und eine Wassermühle, wo Master Pepys oft spazieren ging, wenn er zu Besuch war. Viele hier bewirtschafteten das Land, andere arbeiteten als Metzger, Müller, Zimmerleute oder Weber. Es war ein kleines Abbild der Selbstgenügsamkeit.

Kerzen erleuchteten die Fenster des zweistöckigen, strohgedeckten Gasthofs The Bull, und aus dem Inneren drang ein leises Murmeln von Stimmen. Jacob öffnete Abby die Tür, und verlegen traten sie ein.

Schlagartig verstummte alles, und für lange Sekunden wandten sich die Anwesenden – vier Männer an einem Tisch; ein extravagant gekleidetes Paar, er mit lauter Stimme; ein Mann hinter dem Tresen am anderen Ende; ein Dienstmädchen, das Krüge Bier zu einem weiteren Tisch mit drei Gästen trug – und starrten sie an. Jacob bemerkte, dass der laute Herr sie besonders missmutig musterte.

Er nahm den Hut ab und drehte ihn nervös in den Händen. „Ich wünsche euch allen einen guten Abend", verkündete er. „Ich bin…"

Da stand der Mann hinter dem Tresen schon vor ihm und schüttelte ihm wie wild die Hand. „Wir wissen, wer Ihr seid, Sir! Wir haben Sie schon erwartet, Jacob Standish!"

Er war ein rundgesichtiger Kerl in einem langärmeligen weißen Hemd, brauner Wollweste und einer kräftigen Schürze. Er war eher klein – seine Augen befanden sich auf der Höhe von Jacobs Brust (wobei Jacob ungewöhnlich groß war) – und er trug eine Augenklappe über dem rechten Auge. Diese klappte er plötzlich hoch und zwinkerte mit demselben Auge. Ganz offensichtlich ein Spaßvogel.

„Bartholomew Nettlewood, Sir. Freunde – und damit meine ich das ganze Dorf", lachte er, während er immer noch Jacobs Hand pumpte, „nennen mich Barty. Und so dürfen auch Sie mich nennen, Sir, denn jeder Freund von Sam Pepys ist auch mein Freund."

Die Inquisitoren bemerkten, wie der Mann vor Aufregung schier Schaum vor dem Mund hatte. Es war das erste Mal, dass Jacob seinen Mentor so salopp erwähnen hörte.

„Und Abigail Harcourt!", dröhnte er, indem er sich Abby zuwandte. „Es ist mir ebenfalls ein Vergnügen, Ihre Bekanntschaft zu machen!"

„Sie kennen unsere Namen, Sir?", fragte sie.

„Natürlich! Mr Pepys hat Euch angekündigt. Ihr werdet erwartet. Eure Zimmer sind oben, und die Rechnung für eine Woche Aufenthalt ist bereits beglichen."

Abby und Jacob wechselten Blicke und schüttelten ungläubig den Kopf. Gab es überhaupt etwas, woran er nicht dachte?

„Und Mr und Mrs Pepys?", fragte sie und meinte damit Samuels Eltern.

„Alles zu seiner Zeit, meine Liebe. Sie wohnen in einem Häuschen nur ein paar Schritte von hier", sagte er und deutete grob in die Richtung. „Für heute Abend aber, so war Mr Pepys entschieden, müsst Ihr euch ausruhen und für eine beschwerliche Ermittlung wappnen."

Jacob platzte heraus: „Ist Simon…?"

Barty lächelte, als hätte er die Frage schon erwartet. „Fürchtet Euch nicht, Mr Standish. Von Simon Hopkins haben wir bislang nichts gesehen. Soweit ich weiß, ist er noch anderswo beschäftigt. Doch das wird er nicht ewig sein."

Müde, hungrig und durstig machten es sich Samuel Pepys' Inquisitoren an einem Tisch im gemütlichen Bull bequem und ließen sich ein spätes Abendessen aus Pottage mit Brot und Käse schmecken, dazu das eine oder andere Ale.

Chapter Four

Simon Hopkins

*S*imon Hopkins wurde 1646 in der Marktstadt Manningtree, Essex, geboren, im Jahr vor dem Tod seines Vaters Matthew. Obwohl er den Mann nie kennengelernt hatte, erzog ihn seine Mutter Grace mit demselben puritanischen Eifer und derselben Gottesfurcht, die ihr Mann ihr eingepflanzt hatte. Das puritanische Leben war ein schlichtes, ohne Luxus, geprägt von harter Arbeit, Frömmigkeit und Nüchternheit, geformt nach biblischen Werten.

Es gab jedoch einen entscheidenden Unterschied zwischen Simon und seinen frommen Verwandten: Sein Vater war der berühmteste Hexenjäger des Landes gewesen. Von manchen gefürchtet und verabscheut, von anderen als frommer, moralischer Kreuzritter verehrt, hatte Matthew Hopkins ihre Gemeinden von Bosheit „gereinigt". Und nirgends wurde er höher verehrt als in dem kleinen Haushalt, den er zurückgelassen hatte.

Für Grace war ihr verstorbener Ehemann nichts weniger als ein Held.

In seinen frühen Kinderjahren wurde Simon zu Hause von seiner Mutter unterrichtet, die ihm das Lesen und Schreiben beibrachte, mit der Bibel und anderen religiösen Texten als Grundlage. Später erhielt er eine einfache schulische Bildung in der örtlichen Gemeinde, wo ihn seine Mitschüler zunehmend für abweisend und unnahbar hielten.

Mit vierzehn Jahren wurde er am Emmanuel College in Cambridge eingeschrieben, der Alma Mater seines Vaters, bekannt für seine fromme, puritanische Ausrichtung. Dort begann er aufzufallen – durch die Heftigkeit seiner Debatten und die Fragen, mit denen er seine Dozenten über das, was er als doktrinäre Unreinheit betrachtete, herausforderte. Manche rieten ihm, seinen Eifer zu zügeln.

Außerhalb der Vorlesungen maßregelte er seine Mitstudenten für ihr Verhalten, als selbsternannter moralischer Wächter. Die Kommilitonen begannen, ihn zu meiden, doch er schien sich nicht darum zu kümmern.

Ein Vorfall im Jahr vor seinem Abschluss hätte ihn beinahe die Exmatrikulation gekostet. Ein Mitstudent, Elias Whitmore – wie Hopkins ein Einzelgänger – hielt in seinem Zimmer eine schwarze Katze, mit der er zu sprechen pflegte. Die beiden gerieten wegen einer geringfügigen religiösen Meinungsverschiedenheit aneinander, und Simon beschuldigte Elias der Hexerei, indem er behauptete, die Katze sei sein Vertrauter.

Der folgende Aufruhr führte zu einer internen Untersuchung, die Hopkins' Anschuldigung als unbegründet

*zurückwies. Er erhielt eine strenge Rüge und eine letzte Ver-
warnung.*

*Seine Abschlussarbeit trug den Titel: „Eine puritanische
Abhandlung über die Ränke der Hexerei – Die Bedrohung
der gottesfürchtigen Gesellschaft und der Weg zu ihrer Aus-
rottung."*

*Viele, sowohl Dozenten als auch Studenten, waren froh, als
er die Hochschule verließ.*

*Mit einer klassischen Universitätsbildung hätte Simon
Hopkins Akademiker werden, religiöse Schriften verfassen
oder in den juristischen Stand eintreten können. Doch keinen
dieser Wege schlug er ein.*

*Seit frühester Jugend träumte Simon nur von einem: in die
Fußstapfen seines Vaters zu treten. Das Böse aufspüren, wo
immer es seinen heidnischen Handel trieb, es benennen und
ausrotten. Es war sein glühender Wunsch, das Andenken seines
großen Vaters lebendig zu halten – auch wenn viele es lieber
vergessen hätten – und Matthew Hopkins' Rechtschaffenheit
zu bekräftigen.*

*Er wusste wohl, dass der Weg beschwerlich sein würde. Die
Rolle des Hexenjägers hatte seit den Tagen seines Vaters viel
von ihrem Ansehen eingebüßt, und das nahm er in Kauf. Es
beflügelte ihn geradezu.*

*Nachdem er verkündet hatte, er werde das gottgefällige Werk
seines Vaters fortführen, brach er im Sommer 1666 zu Pferde*

von Manningtree nach Cambridge auf. Er war zwanzig
Jahre alt, nur sieben Jahre jünger als sein Vater bei dessen
Tod.

Es war seine zweite Ermittlung; die erste war unbefriedi-
gend geendet, mit dem Freispruch der Angeklagten. Doch er
lernte sein Handwerk. Langsam, langsam – fängt man eine
Hexe.

In diesem neuesten Fall waren eine Mutter und Tochter,
Sarah und Prudence Sawyer, von ihrem Nachbarn, dem
Viehbauern Henry Drayton, der Hexerei beschuldigt wor-
den. Draytons Frau Lucy hatte Sarah eine Tasse Milch
verweigert, woraufhin die alte Frau beim Gehen leise vor sich
hin geflucht haben soll. Noch in derselben Nacht erkrankte
Lucy Drayton an einem Fieber und starb binnen einer Woche.

Im Nachgang, so hieß es, seien Sarah und Prudence dabei
gesehen worden, wie sie einen Hexensabbat abhielten, ihre
Vertrauten beschworen und diese säugten, während sie den
Teufel priesen.

Dies waren schwerwiegende Anschuldigungen, und Simon
Hopkins' Kleidung zeugte davon. Er trug einen breitkrem-
pigen Hut mit hohem Kopf, ein Cape fiel ihm den Rücken
hinab, und sein Wams war mit einem breiten Leinenkragen
kombiniert, der flach über seinen Schultern lag. Seine led-
ernen Reitstiefel mit weitem Schaft, versehen mit Sporen,
waren für lange Ritte gemacht. Alles in gedeckten Tönen,
ohne jede Spur von Zierde oder Stickerei. Er trug zudem
Reithandschuhe und einen langen hölzernen Stab.

Es war eines der Outfits seines Vaters. Mit seinem langen, rabenschwarzen Haar und Bart glich er ihm so sehr, dass selbst seine Mutter die beiden kaum hätte unterscheiden können.

Chapter Five

Der Haushalt der Pepys

Die Inquisitoren erwachten bei Tagesanbruch. Jacob hatte am Vorabend ein Bier zu viel getrunken und war verkatert.

Ihre Zimmer waren schlicht möbliert und rustikal. Beide verfügten über ein hölzernes Himmelbett mit schweren Wolldecken. Nachts spendeten Kerzen und eine Öllampe auf dem Nachttisch Licht. Ein kleiner Kamin hatte den Raum vor ihrer Ankunft angenehm vorgewärmt. Bestickte Wandbehänge mit Szenen aus dem Dorfleben schmückten die Wände und hielten zugleich die Wärme im Raum.

Abby packte ihre Tasche aus und legte den Inhalt in eine Kommode, dann wusch sie sich mit dem bereitgestellten Wasserkrug und der Waschschüssel.

Jacob tat es ihr nach und erinnerte sich daran, dass er keine Gelegenheit gehabt hatte zu packen. Als er sein Spiegelbild im kleinen Wandspiegel erblickte, schauderte er. Unordentlicher Bartstoppel bedeckte sein junges

Gesicht, und die hellblauen Augen wirkten von dunklen Rändern umschattet. Über seiner linken Augenbraue entdeckte er einen angetrockneten Klumpen – hoffentlich nur Schlamm – und kratzte ihn ab.

Abby öffnete die Fensterläden und schaute hinaus auf einen Anblick, wie sie ihn noch nie zuvor gesehen hatte. Die Sonne stand rotgolden am Horizont, und satte Grüntöne erstreckten sich vor ihr. In Greenwich, wo sie eine Zeitlang bei Verwandten gelebt hatte, gab es zwar große Gärten, aber das hier war etwas ganz anderes. Sie öffnete das Fenster und atmete tief die Luft ein. So wunderbar frisch – ganz anders als der rauchige, von Unrat geschwängerte Gestank Londons.

In der Ferne muhte eine Kuh, und auf ihrem Gesicht lag die wohlige Wärme der Morgensonne.

Hier in Brampton würde es ihr gefallen, beschloss sie.

Links von ihr entdeckte Abigail eine Reihe kleiner Häuschen, genau in der Richtung, die der Wirt Barty am Vorabend angedeutet hatte. *Ob John und Margaret Pepys mit ihrer Tochter Paulina wohl in einem dieser Häuser wohnten*, fragte sie sich.

Abigail und Jacob frühstückten gemeinsam in der Schankstube des Bull, wo sie auch am Vorabend gespeist hatten. Sie aßen Haferbrei, gesüßt mit örtlichem Honig, dazu frische, pralle Pflaumen und Brombeeren. Als sie fertig waren, tappte ein braun-weißer Hund mit Schlappohren herein, setzte sich neben ihren Tisch, bettelte um Aufmerksamkeit und beäugte die Reste.

Die Bedienung vom Vorabend, die sich als Bartys Frau herausstellte – Harriet „Hatty" Nettlewood – rief nach dem Hund: „Rusty!", und scheuchte ihn fort. Dann setzte sie sich zu ihnen an den Tisch.

Hatty war doppelt so kräftig wie ihr Mann, von üppiger Figur, trug eine Schürze und ein Baumwolltuch über die hochgesteckten kastanienbraunen Locken. Ihre Wangen leuchteten wie rote Äpfel, und ihre Stimme war heiser vom Schleim.

Obwohl sie die einzigen Gäste im Raum waren, flüsterte sie heiser: „Was hat er euch gestern Abend erzählt?", fragte sie verschwörerisch und beugte sich vor. Ihr dicker ländlicher Akzent war den Inquisitoren fremd.

„Verzeiht, bitte?", fragte Jacob.

„Was hat er euch gestern Abend erzählt?", wiederholte Hatty lauter und sah sich dabei um, ob jemand ` lauschte. Doch niemand tat es.

„Was hat er euch erzählt?" Jacob blickte verwirrt zu Abby. „Meint sie mich?"

Die Wirtin sah ihn an, als sei er nicht ganz bei Trost, und Abby lachte. „Das ist ein ländlicher Dialekt, Jacob. Sie meint: ‚Was hast du gestern Abend erfahren?'"

Als er immer noch verwirrt wirkte, lachte sie erneut und schlug ihm scherzhaft auf den Arm.

Hatty schien von so viel Vertraulichkeit seitens einer Dienstmagd überrascht, Abby errötete und entschuldigte sich, dann schwieg sie eine Weile, in Gedanken versunken.

So war es an Jacob, zu berichten, was sie beim Abendessen von Barty erfahren hatten.

Seine Erinnerung an das Gespräch war folgende ...

In Wahrheit standen nämlich zwei Frauen in Brampton unter dem Verdacht der Hexerei: Paulina Pepys und ihre Freundin, die Tuchmacherin Rebecca Thacker. Samuel wusste das entweder nicht – oder aber, was Abby eher vermutete, er sorgte sich nur um das Wohl seiner Schwester.

Rebecca schnitt Stoffe zu und nähte daraus maßgefertigte Landkleidung für Männer und Frauen. Da Paulina sich mit Kräutern auskannte, hatten die beiden ein ungewöhnliches gemeinsames Geschäft gestartet: Sie verkauften mit Kräutern durchtränkte Kleidung, der sie heilende Wirkungen zuschrieben – sie hebe die Stimmung, stärke den Geist und lindere Kopfschmerzen.

Ihr Ankläger war ein örtlicher Getreidebauer namens Godfrey „Goddie" Grimston.

Goddie, der oft betrunken war, war eines Tages auf dem Wochenmarkt in Brampton in Paulinas und Rebeccas Kleiderstand gestolpert, hatte die Ware beschmutzt und mehrere Gläser mit Kräutern zerbrochen. Die

Frauen hatten ihn beschimpft und bedroht. Am nächsten Tag beschuldigte Goddie sie, einen Zauber gewirkt zu haben, der einen Hagelsturm heraufbeschwor – „Steine so groß wie Äpfel!", wie er behauptete –, der seine Kornfelder schwer beschädigte und ihm einen erheblichen Verlust einbrachte.

In der darauffolgenden Nacht fand er vor seiner Haustür eine Puppe: eine geflochtene Figur in seinem Ebenbild, mit einer Nadel durchs Herz gestochen. Sie war aus Stroh und Lavendelstängeln gefertigt. Erinnernd an die Flüche der Frauen und im Wissen, dass sie Lavendel in ihrem Kleidergeschäft verwendeten, war er überzeugt, dass die Puppe von ihnen stammte – die Visitenkarte einer Hexe. Seither, so sagte Goddie, lebe er in ständiger Angst, nachts ermordet zu werden.

„Wem immer es genehm war zuzuhören, dem erzählte er, dass Paulina und Rebecca Hexen seien und für ihre Verbrechen bezahlen müssten", berichtete Jacob. Als er sah, wie Hatty angewidert den Kopf schüttelte, fügte er hinzu: „Euer Mann versicherte uns allerdings, dass Grimston ein zwielichtiger Geselle sei, immer für einen Trick gut."

„Ja", bestätigte Hatty. „Viele glaubten seinem Unsinn nicht."

Doch, wie Jacob sich erinnerte, hatte Barty ihnen gesagt, dass genug leichtgläubige Seelen in Angst vor Hexerei lebten, um ihm Gehör zu schenken.

Zunächst hatte es so ausgesehen, als würde sich der Vorfall von selbst erledigen – bis der örtliche Magistrat, Bulstrode Bennett, sich einschaltete. Er nahm Goddies Anschuldigungen sehr ernst und ritt persönlich nach Manningtree, um die Dienste des Hexenjägers Simon Hopkins zu erbitten.

Schließlich fand Abby ihre Stimme wieder. „Nachdem Barty uns das alles erzählt hatte, gab es noch einen Vorfall", sagte sie. „Ein lauter, elegant gekleideter Herr, der mit seiner Frau Wein getrunken hatte, hielt auf dem Weg hinaus an unserem Tisch an. Er sagte, er wisse, wer wir seien, und dass wir in Brampton nicht willkommen seien."

„Nach Bartys Aussage war das Bulstrode Bennett", ergänzte Jacob.

Als die Erinnerungen verblassten, verschränkte die Wirtin die kräftigen Arme. „Mein Mann liebt seinen Klatsch und erzählt eine gute Geschichte. Mehr kann ich nicht beitragen."

„Wir müssen mit Mr Pepys' Schwester sprechen", sagte Abby.

Jacob hob den Finger. „Mrs Nettlewood, ich wollte noch fragen … Habt Ihr vielleicht Ersatzkleidung, die ich mir borgen könnte? Meine ist vom Reisen arg …"

„Am Stinken?", schlug Hatty vor.

Er verzog das Gesicht. „Ich wollte eigentlich ‚verschmutzt' sagen. Doch jetzt, da Ihr es erwähnt …"

Hatty erklärte, dass die Kleidung ihres Mannes für
Jacob mehrere Nummern zu klein wäre. „Fragt die Freundin von der Pepys. Die hat mit Kleidung zu tun. Sie
wird was für Euch finden."

Das Haus von John Pepys lag tatsächlich in der Reihe
kleiner Häuschen, die Abby am Morgen vom Fenster aus
gesehen hatte. Es war kaum zehn Minuten zu Fuß vom
Bull entfernt, über einen schmalen Weg, der an Wiesen
entlangführte.

Schlicht, aber ansehnlich, war es ein zweistöckiges
Fachwerkhaus mit Kalkputz und Ziegeldach, das von
großen Schornsteinen dominiert wurde. Davor lagen
Blumen- und Kräutergärten, Kirschbäume und ein Som-
merhäuschen.

Noch bevor sie das Haus erreicht hatten, flog die Tür
auf, und eine junge Frau rannte ihnen entgegen. Der
Saum ihres Hauskleides flatterte hinter ihr her, der Kragen schlug wild im Wind.

„Mr Standish! Ich bin so froh, Euch zu sehen!", rief sie.

Paulina Pepys – denn sie konnte es nur sein – stürzte
regelrecht auf Jacob zu, warf sich an ihn und klammerte
sich fest wie eine Ertrinkende an ein Stück Treibholz.

Sichtlich unbehaglich ob dieser Vertraulichkeit, erwiderte er die Geste zögerlich.

Plötzlich ihrer Ungebühr bewusst, ließ sie los, trat einen Schritt zurück und machte einen Knicks. „Verzeiht bitte", sagte sie leise. „Ich habe Eurer Ankunft mit großer Sehnsucht entgegengesehen."

Sechsundzwanzig Jahre alt, hatte sie einen blassen Teint und sommersprossige Wangen. Ihr dunkelblondes Haar war zurückgebunden und unter einer weißen Leinenhaube verborgen. Als sie so dastand, endlich die ersehnte Unterstützung spürend nach der wachsenden Angst der Hexerei-Beschuldigungen, brach sie in Tränen aus.

Jacob sah aus, als wolle er am liebsten fliehen, also trat Abby vor und legte der jungen Frau die Hand auf die Schulter. Sie waren einander noch nie begegnet, obwohl ihr Herr gelegentlich von seiner Schwester gesprochen hatte.

Paulina zog sich scharf zurück. „Ich brauche keinen Trost von einem Dienstmädchen, danke sehr", schnappte sie, und die Tränen waren im Nu versiegt.

Abbys Mund klappte auf. Ihr war bekannt, dass Pepys Paulina vor ihrer eigenen Anstellung zeitweise in seinem Haushalt als Magd untergebracht hatte. Ob ihr das wohl immer noch missfällt? fragte sie sich. „Ich bin hier, weil euer Bruder mir aufgetragen hat, Mr Standish zu unterstützen", erwiderte Abby.

Paulina funkelte sie an. „Und ich begreife nicht, welche Hilfe Ihr wohl leisten könntet."

Es missfällt ihr tatsächlich immer noch, begriff Abby.

Während Jacob steif dastand, unsicher, was er sagen sollte, spürte er etwas um seinen Knöchel schlingen. Auf einem Bein hüpfend, blickte er hinunter und sah eine weiße Katze zu ihm hinaufstarren, den Schwanz aufgerichtet und zuckend.

„Fort mit dir, Sugar!", schalt Paulina das Tier, und es huschte davon Richtung Sommerhaus.

Wenigstens war die Spannung damit fürs Erste gebrochen.

Beim Betreten des Hauses fanden sie sich im Flur wieder. Die Decke war erheblich niedriger als in Jacobs Stadthaus, und prompt stieß er sich die Stirn am Türrahmen.

Samuel Pepys' Eltern standen steif Seite an Seite und erwarteten ihre Vorstellung. John und Margaret Pepys waren um die Mitte sechzig und lebten nun ein ruhiges Leben. Beide hatten graues Haar, seines lichtete sich, ihres war weitgehend unter einer Haube verborgen. Es schadete nicht, dass ihr hingebungsvoller Sohn ihnen eine behagliche Bleibe auf dem Lande verschafft hatte und zu ihrem Unterhalt beitrug.

Mr Pepys sen. trug einen gestutzten Spitzbart und schneidige Kleidung, wie es einem ehemaligen Schneider zukam: ein wohlgeschnittener Wams über einem

Leinenhemd mit weitem Kragen, Seidenstrümpfe und sorgfältig gewachste Lederschuhe mit Messingschnallen.

Mrs Pepys wirkte auf ähnlich schlichte Weise elegant. Sie trug ein Leinenunterkleid unter einem spitzenbesetzten Kleid mit engem Mieder und wallendem Rock. Die Ärmel waren abnehmbar. Ein Halstuch war ihr um die Schultern gelegt und am Hals geknotet. Ihre ebenso gewachsten Lederschuhe waren geschnürt.

Ihre Outfits waren auf charmante, wenn auch etwas exzentrische Weise aufeinander abgestimmt: beide trugen ockerfarbene Oberbekleidung, ein leuchtend gelbes Untergewand und hellbraune Lederschuhe.

Doch ihre abgezehrten, von Falten gezeichneten Gesichter erzählten eine weniger glamouröse Geschichte. Die Gesichter waren bleich, die Wangen eingefallen, die dunkel umrandeten Augen zu Schlitzen zusammengekniffen.

„Mr Standish", sagte John mit einer leichten Verbeugung. „Wir sind Euch zu tiefstem Dank verpflichtet. Und auch dir, liebe Abby."

Abby warf Paulina einen Blick zu, und die scowltte zurück.

„Sam spricht in den höchsten Tönen von euch beiden, und wir beten, dass ihr diese beklagenswerte Angelegenheit rasch zum Abschluss bringt", fuhr John fort. Er wies auf den großen Tisch in der Mitte des Raums. „So müssen wir uns nun diesem Grimston-Tölpel und seinen gottlosen, haltlosen Verleumdungen zuwenden.“

„Ein boshafter Mann!“, rief seine Frau. Die Worte blieben ihr im Hals stecken, sie hustete, und John klopfte ihr sanft auf den Rücken.

Die Wände und die von Holzbalken getragene Decke waren verputzt und weiß getüncht. An einer Wand hing ein Porträt von Samuel, der stolz dreinblickte.

Drei bleiverglaste Fenster ließen breite Streifen des Septembersonnenlichts herein. Der große Kamin aus Ziegeln und Holz brauchte bis zum Abend kein Feuer.

Die Inquisitoren wiederholten die Fakten der Geschichte, wie sie sie verstanden hatten. Paulina, die bei jeder Antwort betont nur Jacob ansprach, bestätigte, dass Goddie Grimston tatsächlich betrunken gewesen war, als er ihren Marktstand verwüstet hatte, und dass es stimme, dass sie und Rebecca ihn bedroht hatten – doch natürlich seien es leere Drohungen gewesen, im Eifer des Gefechts ausgesprochen.

Die junge Frau war sichtlich am Ende ihrer Kräfte. „Mr Standish, Ihr müsst mir glauben, ich bin keine Hexe“, flehte sie. „Grimston ist für seine Lügen bekannt und zieht perverses Vergnügen aus dem Leid anderer.“

John schlug mit der Faust auf den Tisch. „Goddie Grimston ist ein Lügner und ein Narr, Sir!“

Seine kränkelnde Frau wurde von einem Hustenanfall geschüttelt.

Jacob wusste nicht, wohin er blicken sollte.

Abby wandte sich an Paulina. „Warum, denkt Ihr, hat Goddie gerade euch beide ins Visier genommen?"

Paulina seufzte und blickte zu ihrem Vater.

„Paulina, wenn Sam Abby sein Vertrauen schenkt, dann sind auch wir gehalten, dasselbe zu tun", sagte er sanft zu ihr.

Seine Tochter schnaubte trotzig.

Abby richtete sich auf. „Wann wird Simon Hopkins hier erwartet?", fragte sie scheinbar unschuldig.

Beim Klang des Namens des Hexenjägers verzog sich Paulinas Gesicht, und sie brach in Tränen aus. Als Margaret herbeieilte, um sie zu trösten, errötete Abby.

John vergrub den Kopf in den Händen. „Ach, das ist eine ernste Angelegenheit. Wenn der junge Hopkins seinem Vater auch nur ansatzweise gleicht, müssen wir uns auf dunkle und unheilvolle Machenschaften gefasst machen."

Das verstärkte nur Paulinas Verzweiflung, und sie rannte weinend aus dem Raum, gefolgt von ihrer hinkenden Mutter. Ihre Schritte waren noch zu hören, wie sie die Treppe hinaufstapften und über die Decke über ihnen hinwegpolterten.

Als alles wieder still war, fragte Abby erneut, warum Goddie ausgerechnet Paulina und Rebecca ins Visier genommen habe – von all den Frauen in Brampton. John Pepys gestand, dass er ratlos sei. Die halbe Ortschaft habe Anlass gehabt, dem launischen Bauern seine Schikanen und Vergehen heimzuzahlen, meinte er, für die Goddie dann Vergeltung suchte. Aber warum gerade seine Tochter?

„Ich wünschte, ich wüsste es", bekannte er. „Vielleicht könnten wir dann diese niederträchtige Verleumdung widerlegen." Dann plötzlich kam ein Leuchten in seine Augen. „Halt! Jetzt fällt es mir ein… Als Grimston das erste Mal seine Anschuldigungen vorbrachte, beschuldigte er nur Paulina. Erst am folgenden Tag nannte er auch Rebecca Thacker. Das erschien mir höchst merkwürdig."

„Mr Pepys?", fragte Jacob.

Der alte Mann legte den Kopf schief.

„Ich bewundere Eure Aufmachung sehr, Sir", sagte Jacob.

Abby warf ihm einen ungläubigen Blick zu.

Glücklicherweise war auch Pepys sen. wie sein Sohn nicht unempfänglich für Schmeichelei. „Ich danke Euch für Eure freundlichen Worte, Jacob. Unsere Gewänder haben wir diesen Sommer bei Mistress Thacker in Auftrag gegeben. Wir tragen sie seither ständig, weil sie bei den Dorfbewohnern großes Gefallen finden. Der Schnitt ist vortrefflich und die Farben kunstvoll aufeinander abgestimmt. Allerdings – ich bitte Euch, Sir, sagt ihr nichts davon, sie ist schnell beleidigt – glaube ich, das Mädchen hat mir zu viel berechnet."

Jacob öffnete den Mund, doch der alte Mann war noch nicht fertig.

„Ich hätte selbst zur Nadel gegriffen", seufzte John, „doch mein Augenlicht lässt mich im Stich."

„In der Tat, Sir, ich bedarf dringend frischer Kleidung und wollte wissen, wer Eure gefertigt hat", erklärte Jacob.

John lachte leise. „Ich verstehe, Jacob. Ich zweifle nicht, dass Mistress Thacker Eure Wünsche erfüllen kann. Sie versteht ihr Handwerk, selbst bei einem Herrn von Eurer stattlichen Größe."

Bevor sie aufbrachen, fragte Abby John Pepys, ob sie noch ein letztes Wort mit seiner Tochter wechseln dürften. Mehr als alles andere wollte sie Paulinas Wohnräume sehen.

Im Erdgeschoss gab es drei Zimmer – Flur, Küche, Stube – und oben drei Schlafzimmer, eines für jeden Bewohner. Der alte Mann wies ihnen den Weg zur entferntesten Tür.

Abby deutete Jacob, er solle klopfen. Diesmal duckte er sich beim Eintreten vor dem niedrigen Rahmen.

Die Düfte, die sie empfingen – Rosmarin, Lavendel, Salbei, Thymian, Minze, zu viele, um sie einzeln zu erkennen – machten sie fast schwindelig.

Getrocknete Kräuterbündel hingen von den Holzbalken, andere wuchsen in Töpfen auf den Fensterbänken. An einer Wand standen beschriftete Gläser in Regalen und Schränken, und unter dem Fenster befand sich eine Werkbank mit Werkzeugen, die im Sonnenlicht glitzerten.

Eine Wand war mit Bücherregalen gesäumt, während unter einem Wandteppich, der die vier Jahreszeiten zeigte, ein Eichenbett mit schlichtem Nachttisch stand.

Es war ein ordentlicher Raum, erfüllt von Behaglichkeit und Persönlichkeit.

Abby war still beeindruckt. „Ihr seid eine Kräuterkundige", stellte sie fest.

Paulinas Gesicht blieb ausdruckslos. „Und wenn schon?"

„All diese Gläser mit Kräutern und Tränken. Man könnte sagen, hier lebe eine Hexe", merkte Abby an.

„Dort hängt Lavendel", sagte Jacob. „Dasselbe Kraut, das für Goddie Grimstons Puppe benutzt wurde."

Paulina verbarg ihr Gesicht in den Händen. „Was wollt Ihr andeuten? Beschuldigt Ihr mich auch der Hexerei? Ausgerechnet meines Bruders Inquisitoren?"

Abby verspürte Mitleid mit der bedrängten Frau. „Nein, Paulina! Nur dass Eure Arbeit Simon Hopkins' Einbildungen Nahrung geben könnte – und wir daher größte Vorsicht walten lassen müssen."

Chapter Six

Rebecca Thacker

Paulinas Freundin und Geschäftspartnerin Rebecca wohnte am anderen Ende derselben Häuserreihe wie die Pepys'. Es lag nahe, sie zuerst aufzusuchen, auch wenn klar war, dass das Verhör von Goddie Grimston dringend war.

Rebeccas Haus war kleiner als das der Pepys und trug ein Schild an der Tür:

Rebecca Thacker – Gewandschneiderin

Bevor sie klopften, hielt Abby inne und bedeutete Jacob, dasselbe zu tun. Die Sonne stand hoch am Himmel, und die Mücken stachen. Sie schienen Jacob zu bevorzugen, vielleicht angelockt von einem kräftigeren Geruch.

„Jacob", sagte Abby. „Du hast mir gesagt, es sei von höchster Wichtigkeit, dass du bei dieser Ermittlung persönlich Erfolg hast."

Er nickte.

„Dann hör auf, dich ablenken zu lassen! Wenn Mr Pepys uns wichtige Informationen mitteilt, antworte bitte nicht: ,Ich bewundere sehr Eure Aufmachung'!" Sie konnte sich ein Kichern nicht verkneifen.

Jacob zupfte an seiner Perücke. „Die Mücken stechen mich", brummte er missmutig.

Rebecca Thacker, glänzend vor Schweiß, schien kaum erfreuter zu sein, Jacob zu sehen, als Paulina es gewesen war – auch wenn sie von einer Umarmung absah. „Kommt herein", bat sie und winkte. „Bitte, kommt herein." Auch sie hatte sie bereits erwartet.

Wieder schlugen ihnen überwältigende Düfte von Kräutern und Kräutermischungen entgegen (und Jacob nahm sich vor, ein paar Pflanzen für sein eigenes Haus zu kaufen, um seine eher männlichen Ausdünstungen zu überdecken).

Das Erdgeschoss war geteilt: die eine Hälfte diente als Werkstatt, der Rest als Wohnbereich.

Rebecca jedoch war bei weitem nicht so ordentlich wie ihre Geschäftspartnerin. Der Arbeitsbereich war bedeckt mit aufgestapelten Stoffrollen und zerknitterten Stoffresten in zahllosen Farben. Scheren, ein Maßstab, Nadeln in Nadelkissen, Stecknadeln und noch viel mehr waren auf einer Werkbank verstreut. Fertige Kleidungsstücke hingen an Haken an den Wänden.

Töpfe, Gläser und Pinsel lagen auf dem Boden, und ein großer blauer Fleck – vermutlich von Färbemittel – verunzierte die Holzdielen. Eine Schneiderpuppe, in den Anfängen eines grünen Wamses, war umgefallen und lehnte am Fenster, und über dem Feuer im Kamin wurde ein Bügeleisen erhitzt. Der Raum war recht warm.

Auch der Wohnbereich war nicht viel besser: Auf einem Tisch stapelten sich Töpfe und Pfannen, und aus einer Keramikschüssel lugten schmutzige Teller.

Rebecca bemerkte, wie die Inquisitoren den Raum mit kaum verhohlener Bestürzung musterten, und lachte. „Es gibt kaum genug Stunden am Tag", erklärte sie. „Hätte ich nur einen Mann, der beim Aufräumen hilft."

„Aber den habt Ihr nicht?", fragte Abby.

„Brampton ist ein kleines Dorf. Die Auswahl an Männern ist dürftig." Sie lachte bitter. „Es gab einmal einen Herrn… Er ist im Krieg gefallen."

„Paulina ist ebenfalls unverheiratet?", fragte Abby, obwohl ihr Herr ihr das bereits erzählt hatte.

„Sie ist mit Will Farlow, einem Schreiber aus Huntingdon, verlobt. Sie werden bald heiraten", antwortete Rebecca.

„Wann?", fragte Abby.

„Am Ende dieses Monats. Auf Paulinas Wunsch wurde der Termin vorgezogen, nachdem die Hexereianschuldigungen erhoben wurden, für den Fall…", die Schneiderin verstummte.

„Ist dieser Will Farlow ein Gentleman?", fragte Jacob.

Rebeccas Lachen war schwer von Ironie.

„Ihr billigt ihn nicht?", fragte Abby.

„Was spielt es für eine Rolle, ob ich ihn billige?"

Als keiner der Inquisitoren antwortete, zuckte die Schneiderin mit den Schultern. „Mir scheint, er begehrt den Namen Pepys mehr als sie selbst. Aber davon will sie nichts hören."

Rebecca Thacker strahlte den schnörkellosen Ernst einer Frau aus, die hart arbeitete. Sie war barfuß, und ihre Hände wie auch die Schürze waren mit Farbstoffen in verschiedenen Tönen befleckt. Ihre Fingerspitzen, bemerkte Jacob, waren übersät mit kleinen Wunden vom vielen Nähen.

Auf ihre Kunst angesprochen, erklärte Rebecca den Inquisitoren, dass sie Kleidung für Kunden bis hin nach Cambridge fertigte – so groß sei ihr wachsender Ruf. Die Stoffe kaufe sie bei örtlichen Tuchhändlern, dann entwerfe, schneide und nähe sie ihre eigenen Kreationen. Sie experimentiere sogar mit Farbstoffmischungen, um neue Kleidungsfarben zu entwickeln, die sie bei wohlhabenderer Kundschaft in Mode bringen wolle.

Seit Goddie Grimstons Anschuldigungen war ihr Ruf freilich ins Wanken geraten, und die Aufträge waren spürbar zurückgegangen. Niemand wollte mit einer Hexe in Verbindung gebracht werden.

Die Frage, warum Grimston ausgerechnet sie ins Visier genommen hatte, blieb bestehen. Abby erwähnte den Vorfall am Marktstand: den Streit und die Drohungen.

„Paulina war's, die ihn beschimpfte und verfluchte", behauptete Rebecca. „Wenn hier jemand der Hexerei angeklagt gehört, dann sie, nicht ich."

„Ihr gebt Paulina die Schuld?", rief Jacob entsetzt.

„Ja", antwortete sie entschieden. „Und wenn Simon Hopkins kommt, werde ich ihm das auch sagen."

Die Inquisitoren tauschten einen Blick.

„Mistress Thacker, ich halte es für klüger, gemeinsam gegen diese haltlosen Anschuldigungen vorzugehen", sagte Abby. „Getrennt zu handeln hieße, Hopkins den Vorteil zu lassen."

„Ich sage, wie es ist", entgegnete Rebecca und verschränkte die Arme.

„Was können wir tun, um ihre Unschuld zu bekräftigen?", fragte Jacob.

Abby musste sich zurückhalten, ihm zu seiner neu entdeckten Zielstrebigkeit zu gratulieren.

Rebecca warf die Arme in die Luft. „Goddie Grimstons Ernte wurde von Hagel niedergemacht, nicht von Hexen!", rief sie aus.

Doch eine beträchtliche Zahl der Dorfbewohner glaubte Grimston, gab Abby zu bedenken – darunter auch der einflussreiche Magistrat Bulstrode Bennett. Wie um alles in der Welt sollte man das widerlegen? Ein Akt Gottes gegen einen Akt des Teufels?

Bevor sie gingen, sprach Jacob sein Bedürfnis nach frischer Kleidung an. Rebecca sagte, sie habe noch einige Stücke auf Lager, da ein Gentleman ähnlicher Größe kürzlich eine Bestellung storniert habe. Während Abby also die Gläser in Rebeccas Regalen musterte, durchstöberte Jacob ihren Vorrat und griff sich dankbar ein Leinenhemd, eine Hose und ein Paar schlichte Wollstrümpfe.

Er brannte darauf, sein schmutziges altes Gewand loszuwerden, und verschwand nach oben, um sich umzuziehen. Als er zurückkam, brach Abby in Gelächter aus.

„Du hast dieselbe Farbe für dein Unterzeug gewählt wie Mr und Mrs Pepys!", bemerkte sie. „Willst du ihnen etwa schmeicheln?"

Jacob errötete, bestritt es aber nicht. „Das Hemd ist ein wenig eng", entgegnete er.

„Ich will trotzdem bezahlt werden, Mr Standish!", beharrte die Schneiderin. „Für die drei Kleidungsstücke verlange ich zwei Pfund zehn Schilling."

Jacob runzelte die Stirn. „Werte Dame, ich hatte mit einem Betrag von unter einem Pfund gerechnet!"

„Nehmt es oder lasst es", entgegnete sie schneidig. „Meine Gewänder sind die feinsten im ganzen County."

„Kein Wunder, dass Mr Pepys Eure Preise beklagt hat!", platzte es aus Jacob heraus – und ihm fiel sofort ein, dass John ihn gebeten hatte, genau diesen wunden Punkt nicht zu erwähnen.

Abby warf ihm einen ungläubigen Blick zu.

„Mr Pepys hat was?", fuhr Rebecca auf und funkelte ihn an.

Chapter Seven

Goddie Grimston

Abby und Jacob nahmen ihr Abendessen wieder im Bull ein, wo sie bei Tellern voller Fischpastete – gefüllt mit Hecht und Barsch aus der nahegelegenen Ouse – ihre Gedanken ordneten.

„Wir können nicht beweisen, dass die Hagelkörner nicht von Hexen herbeigerufen wurden", sagte Abby. „Aber wir könnten beweisen, dass Goddie Grimston seine Anschuldigungen frei erfunden hat. Wenn das zutrifft – und wir müssen darauf vertrauen, um meines Meisters willen –, dann bleibt die Frage: warum? Aus Rache für irgendeine Lappalie, so heißt es."

„Wegen ihrer Flüche, nachdem er betrunken ihre Waren auf dem Markt ruiniert hat?"

„Doch Rebecca behauptet, es sei Paulina gewesen, die ihn beschimpfte, und dass sie die Hexe sei. Das ist… problematisch."

Er nickte nachdenklich.

„Unser Weg ist klar", sagte Abby. „Wir müssen dringend mit Goddie selbst sprechen."

Die Frau des Wirts, Hatty, wies ihnen den Weg zu einer kleinen Hofstelle am Rand des Dorfes und warnte sie: „Nehmt euch vor Goddie Grimston in Acht – der ist ein bisschen wirr im Kopf."

Ein Pfad, der vom Haus der Pepys fortführte, brachte sie vorbei an Reihen strohgedeckter Katen. Wie üblich musste Abby fast traben, um mit Jacobs langen Schritten mitzuhalten.

Wo immer Dorfbewohner die beiden entdeckten, tuschelten sie miteinander, als wären Mr Pepys' Inquisitoren in ganz Brampton bereits bekannt – und nicht wohlgelitten. Es versetzte ihnen einen allgemeinen Anflug von Unbehagen.

Immerhin war der Himmel wolkenlos, und die Mücken schienen Jacob seit seinem Kleiderwechsel weniger zu plagen. Das Land war meist flach, stellenweise sumpfig. Links lag die weitläufige Nuns' Meadow, rechts die noch größere Portholme Meadow, über und über mit bunten Wildblumen gesprenkelt. Schafe und Rinder grasten dort, und die Segel der Windmühlen drehten sich im Wind. Mägde waren auf den Feldern zu sehen, wie sie die Kühe molken.

In der Ferne erblickten sie ein stattliches Herrenhaus mit Ziergärten.

„Das wird Ravenscourt Manor sein", sagte Abby. „Wo Lord Fairfax mit seiner Gemahlin Lady Eleanor lebt. Mit ihm werden wir womöglich sprechen müssen, da ihm all dies hier gehört."

„Mit Lord Fairfax sprechen?", rief Jacob entsetzt. „Der würde sich niemals zu so etwas herablassen!"

„Wir sind die persönlichen Inquisitoren von Master Pepys. Und er und Lord Fairfax sind eng befreundet." Sie tippte sich an die Nase. „Es zählt nicht, was man weiß, sondern wen man kennt."

Jacob brummte und sah empört drein.

Am Stil unter der Eiche bogen sie links ab, wie man ihnen aufgetragen hatte. Der Weg führte sie einen trockenen Lehmpfad entlang, an einer Steinmauer vorbei. Vor ihnen lag ein Bauernhaus, umgeben von Kornfeldern, eingefasst von Hecken. In der Ferne arbeiteten Gestalten auf einem Feld, das gerade abgeerntet wurde. In einem anderen Feld lagen bereits Garben aufgestapelt, und noch weiter hinten war offenbar ein Obstgarten. Ganz am Horizont zeigten sich dicht stehende Wälder.

Das Grimstonsche Bauernhaus war ein einstöckiger Steinbau mit Strohdach. In den Fensterrahmen war geölter Stoff gespannt. *Diese Leute können sich kein Glas leisten*, dachte Jacob bei sich.

Bevor er anklopfen konnte, schwang die interessant verzogene Tür schon auf. Jacob wich erschrocken einen Schritt zurück.

Eine Frau stand vor ihnen, und ihnen wehte der unverwechselbare Duft von frischgebackenem Brot entgegen.

„Ihr müsst die sogenannten Inquisitoren sein, über die das ganze Dorf redet", sagte die Frau. „Freut mich, euch kennenzulernen. Ich bin Anne. Goddies Frau. Zu meinen Sünden."

„Ist er zu Hause?", fragte Jacob.

Sie war, bemerkte er, eine auffallend schöne Frau – trotz der offenkundigen Armut. Ihre stechend blauen Augen und das zu einem Zopf geflochtene blonde Haar, das sie im Nacken festgesteckt hatte, stachen hervor. Zwar war ihr Kleid an mehreren Stellen geflickt, und ihre Schürze war mehlig, doch strahlte sie eine stolze, ungebrochene Würde aus.

Als Jacob an Anne vorbei in das Bauernhaus trat, sah er einen Ofen und Laibe auf einem Tisch am Feuer; Regale waren gesäumt mit Gläsern voller Zutaten, und Kräuter hingen von den Dachbalken. Ein Teil des Bodens war mit Stroh bedeckt und darauf lagen ordentlich gestapelte Decken – eine provisorische Schlafstätte, wie Jacob vermutete. Es war ein bescheidener, gepflegter Raum, der seinen Respekt abnötigte; kaum das Reich einer Heidin, wie er erwartet hatte. Die verlockenden Düfte des Essens ließen seinen Magen knurren.

Plötzlich spürte er, wie er mit einer solchen Wucht zurückgezerrt wurde, dass es ihn überraschte. *Diese Bauersleute sind erstaunlich kräftig*, dachte er. *Selbst die Frauen.*

„Mein Goddie ist nicht hier drin", sagte Anne schroff. „Er ist draußen auf dem Feld und bei der Ernte." Dann packte sie ihn unvermittelt an den Unterarmen und sah ihn flehentlich an. „Versprich mir, dass Ihr das Pepys-Mädchen rettet!"

Die Bitte traf Jacob so unerwartet, dass er sprachlos blieb.

Abby sprang ein. „Ihr glaubt nicht, dass Paulina Pepys eine Hexe ist?", fragte sie.

Anne schüttelte entschieden den Kopf. „Nein, niemals. Glaubt Ihr, dass sie gehängt wird?"

Abby ertappte sich dabei, dass sie den Gedanken zum ersten Mal ernsthaft in Erwägung zog. „Nein", antwortete sie schließlich, mit mehr Überzeugung, als sie tatsächlich empfand.

Jacob, ermutigt, fügte hinzu: „Wir werden ihren Namen reinwaschen und morgen schon fort sein!"

Anne verengte die Augen. „So spricht man hier im Dorf nicht."

„Niemand ist zu Schaden gekommen, nur die Feldfrüchte", versicherte Jacob. „Selbst wenn sie für schuldig befunden würde – sie wird nicht gehängt."

Anne ließ endlich Jacobs Arme los. „Das freut mich zu hören. Dieses Mädchen ist keine Hexe."

„Würdet Ihr das auch vor Simon Hopkins beschwören?", fragte Abby.

„Das steht mir nicht zu, mein Liebchen. Wer würde schon auf eine Bauernfrau hören? Mein törichter Mann und Magistrat Bennett – die beiden sind es."

„Wo finden wir Euren Mann?", fragte Jacob.

„Unten auf dem Feld, bei der Gerste, mit meinen drei Söhnen."

„Und wie erkennen wir ihn?"

„Darüber braucht Ihr Euch keine Sorgen zu machen", erwiderte Anne. „Ihr werdet ihn erkennen."

Als sie sich dem Gerstenfeld näherten, kam ihnen ein Mann entgegen gestürmt, den sie für Goddie Grimston hielten. Er schwang eine Heugabel und brüllte: „Nein! Nein! Ich weiß, wer Ihr seid!"

Abby und Jacob warfen sich nervöse Blicke zu.

„Was sollen wir tun?", fragte er.

Goddie rannte direkt auf ihn zu, die Zinken der Heugabel auf Jacobs Bauch gerichtet. Mit überraschender Gewandtheit für seine Größe holte Jacob ihn an den Knöcheln von den Füßen, drückte ihm die Arme mit den Knien auf den Boden und schleuderte die Heugabel zur Seite.

Goddies Kopf glich einer sonnenverbrannten Steck-
rübe: rund, gerötet, mit dünnem, strohblondem Haar,
das in alle Richtungen abstand.

„Lasst mich los!", quiekte er. „Ich sag's dem Magistrat!"
Selbst aus dieser Position konnte Jacob den
Biergeruch in seinem Atem riechen. „Aber Ihr habt
mich angegriffen", entgegnete er.

„Das spielt keine Rolle. Mr Bennett wird Euch schon
kriegen", knurrte Goddie.

Abby zog an der Schulter ihres Mitstreiters. „Lasst ihn,
Jacob."

„Sie weiß es", höhnte der Bauer und entblößte sein
zahnloses Zahnfleisch zu einem höhnischen Grinsen.

Jacob bemerkte, dass sie inzwischen von drei Männern umringt waren, die so alt wie er oder jünger
waren, mit den sehnigen Körpern von Landarbeitern.
Zweifellos Goddies Söhne. Keiner sprach ein Wort; ihre
finsteren Blicke sprachen Bände. Einer schwang eine
Sichel, ein anderer eine Dreschflegel, der dritte ballte
nur die Fäuste.

„Wir sollten gehen", sagte Abby.

Jacob blickte jeden der knorrigen Grimston-Söhne
der Reihe nach an und nickte dann. Besser sich
zurückziehen und an einem anderen Tag weiter-
kämpfen, wie sein Vater es ihm beigebracht hatte.

Die Grimstons höhnten, als die Inquisitoren sich entfernten.

„Ich weiß, was ich gesehen hab!", rief Goddie ihnen nach. „Eure kostbare Mr Pepys-Tochter wird hängen!"

Chapter Eight

Hopkins' Ankunft

S imon Hopkins verdrängte die bitteren Erinnerungen an die akademischen Jahre in Cambridge, als er die Stadtgrenze überschritt. Die Reise von Manningtree hatte drei Tage gedauert, über Colchester, Halstead und Haverhill. Der Sommer war heiß gewesen, und die Straßen und Wege im August – meist festgepresster Lehm – waren in recht gutem Zustand. Nur in einigen abgelegeneren Gegenden war sein pechschwarzes Pferd Jeremiah einmal ausgerutscht oder gestolpert.

Er ritt durch die Stadt mit ihrem Gemisch aus steinernen und Fachwerkhäusern, Kirchen und Gasthäusern, wo Kaufleute, Bürger, Studenten und Gelehrte ein reges Treiben bildeten. Pferdegezogene Karren kamen ihm entgegen, während Marktleute Fisch und Fleisch, Brot und Bier, Textilien und Werkzeuge – alle erdenklichen Waren für die aufstrebende Gegend – anpriesen.

Hopkins erblickte die bedrohlich wirkende gotische Architektur der King's College Chapel, überquerte dann den Fluss Cam. Dort wich die Urbanität einer malerischeren

Szenerie, auf der Menschen in kleinen Booten das Wasser befuhren. Er verzog verächtlich die Lippen über die offen schäkernden Paare und murmelte ihnen Hölle und Verdammnis hinterher.

Am frühen Nachmittag erreichte er sein Ziel, ein kleines Weiler am nordwestlichen Rand von Cambridge. Brampton, sein nächstes Ziel, sobald er seine Aufgabe hier zufriedenstellend abgeschlossen hatte, lag nur noch 20 Meilen entfernt. Ein Paar Hexen sei dort gemeldet worden, und ihre Stunde würde gewiss kommen.

Zwei Dutzend Fachwerkhäuser mit Strohdächern, aus deren Schornsteinen Rauch aufstieg und deren Fenster ein flackerndes Leuchten zeigten, lagen vor ihm. Tiere – Schafe, Kühe und Hühner – in nahen Gehegen gaben Laute von sich. Das einzige Geräusch, neben dem Klappern von Jeremiahs Hufen, war das Hämmern eines Schmieds in seiner Schmiede, die an einem Seitenarm der Cam lag. Dahinter erstreckten sich Felder und Wälder.

Hopkins entdeckte ein Gasthaus mit einem Schild: The Blacksmith's Inn. Er freute sich, eine normannische Kirche in der Nähe zu sehen, aus lokalem Stein mit Ziegeldach erbaut, auch wenn er das zentrale Buntglasfenster missbilligte – er war überzeugt, dessen Prunk lenke vom wahren Glauben ab. Auf dem umgebenden Kirchhof lagen einige schlichte Gräber.

Alles war friedlich und ländlich – fürs Erste.

Ein mittelalter Mann in einem langen, schmutzigen Kittel erschien in einer der Türen, eilte auf den Hexenjäger zu, blieb stehen und verbeugte sich. Seine Füße waren nackt, seine Nase schief, sein Gesicht von Pockennarben gezeichnet. „Mr Hopkins?", fragte er. Als Simon nickte, fügte er hinzu: „Ihr seht aus wie Euer Vater, Herr."

Hopkins, der von dem bemitleidenswerten Anblick des Mannes einen Augenblick irritiert war, spürte doch einen Anflug von Stolz. Nicht nur hatte er den gewünschten Eindruck hinterlassen, nein – ein einfacher Bauer kannte sogar Matthew Hopkins, ja sogar seine Züge.

Sein Pferd Jeremiah schnaubte, vielleicht wegen des beissenden Geruchs des Mannes, und Hopkins stieg ab.

„Henry Drayton?", fragte er.

Drayton nickte, was er gleich in eine weitere Verbeugung verwandelte.

„Ich komme im Namen Gottes, um dieses Land von der abscheulichen Pestilenz der Teufelei zu reinigen", verkündete Hopkins und lächelte darüber, wie das klang.

Er hatte sein ganzes Leben auf diesen Moment gewartet – um dem Herrn zu dienen und die Schmähungen und Ungerechtigkeiten, die sein Vater erlitten hatte, zu rächen. Welch gerechter Pfad, dieselbe tugendhafte Aufgabe zu vollbringen! Sollen sie doch kommen! Er diente Gott; seine Verleumder hatten nicht den Mut zur Moral.

Wenn schon der Gestank Henry Draytons im Freien schlimm gewesen war, so war er im Inneren seiner Hütte kaum zu ertragen.

Viehgeruch mischte sich mit dem von ungewaschener Kleidung und saurer Milch, Körperausdünstungen mit denen eines zotteligen Hundes, der in einer Ecke sabberte. Es war offenkundig, dass die kürzlich verstorbene Goodwife Drayton für die Hausarbeit verantwortlich gewesen war.

Eine Ratte huschte unter einem Sack mit Tierfutter hervor und floh aus dem Haus.

„Verzeiht das Durcheinander", sagte Henry, und Hopkins lachte zum ersten Mal seit Jahren.

Er hätte sich schlecht fühlen sollen – schließlich waren alle Gottes Kinder –, doch er tat es nicht.

Im Kamin brannte ein Feuer, darüber hing ein Kochkessel. Am anderen Ende lag ein Strohbett. Vor dem Feuer stand ein wackeliger Tisch mit zwei Hockern.

Hopkins legte ein Taschentuch auf die Sitzfläche eines Hockers, um seine Kniehose vor Flecken zu schützen, setzte sich und forderte den Bauern auf, ihm alles zu berichten, was er über die Hexen von Cambridge wisse.

Drayton begann fast sofort zu weinen. Die Tränen zogen glänzende Spuren durch den Schmutz auf seinen Wangen. Er erzählte von dem Vorfall mit der Milch: wie seine Frau Sarah Sawyer die Bitte verweigert hatte – die beiden hatten in der Woche zuvor über eine unbezahlte Käse-Rechnung gestritten –, und wie sie beim Schließen der Tür etwas vor sich hingemurmelt habe, das wie ein Fluch geklungen habe.

„Noch in derselben Nacht, Herr, wurde sie krank, dort auf eben diesem Bett", erzählte Henry unter Schluchzen. „Zitternd und brechend, wie ich es noch nie gesehen habe. In fremden Zungen sprach sie, verflucht von diesen Hexen. Ich habe mich um sie gekümmert, so gut ich konnte, aber sie wurde immer schwächer. Eine Woche später war meine Lucy tot, durch die Hand von Sarah und Prudence Sawyer, Herr."

„Sag, was ist dein Beweis, dass diese Frauen Hexen sind?", fragte Hopkins, wohl wissend, dass er für die ihm unbekannten örtlichen Magistrate hieb- und stichfeste Beweise brauchen würde.

„Ich sah sie, Herr, noch in derselben Nacht, in der meine liebe Lucy starb. In einem Wäldchen dort drüben. Nackt, Herr, haben sie gehurt, mit dem Kipling-Mädchen. Ein Hexensabbat, wie ich ihn nur vom Hörensagen kannte, aber nie zu sehen geglaubt hätte."

Hopkins' Augen leuchteten. „Drei Hexen also, sagst du?" Ein regelrechter Hexenzirkel. Das Böse in diesem Weiler reichte tiefer, als er gedacht hatte.

„Ja, Herr. Jede rief ihr Tier, und die schrecklichen Kreaturen kamen. Ich erinnere mich sogar an ihre Namen, Herr!"

Es waren: Prickears, ein schwarzes Kaninchen (Sarah Sawyers Vertrauter); Dainty, ein winziges schwarzes Kätzchen (der ihrer Tochter Prudence); und Pluck, eine braune Maus (Dorothy Kiplings).

„*Sie tanzten im Kreis, lobten den Teufel, dann säugten sie ihre Vertrauten, die daraufhin verschwanden, wie sie gekommen waren, Herr. Ein schrecklicher Anblick. Ich danke Gott, dass sie mich nicht gesehen haben.*"

Nachdem er seine Geschichte beendet hatte, sackte der Bauer erschöpft zusammen.

„*Gott ist barmherzig*", *sagte Hopkins.* „*Doch er wird diesen abscheulichen Zauberern keine Gnade gewähren. ,Du sollst eine Hexe nicht am Leben lassen.' Lasst uns gemeinsam beten und danken, Henry Drayton. Und dafür, dass es mir morgen gelingen möge, diese abscheulichen Dämonen der Gerechtigkeit zuzuführen.*"

Chapter Nine

Zwischenfall beim Abendessen

E s war ein aufschlussreicher, wenn auch frustrieren-
der erster Ermittlungstag für die Inquisitoren gewesen. Wenn sie gehofft hatten, ihren Hauptverdächtigen
allein durch das Gewicht von Mr Pepys' Einfluss zu einem
Geständnis zu bewegen, so wussten sie nun, dass sie sich
gründlich getäuscht hatten.

Ein ungebildeter Bauer mochte Goddie Grimston sein;
einschüchtern ließ er sich nicht.

Alles, was Paulina Pepys und Rebecca Thacker mit
dem Hexereiverdacht in Verbindung brachte, war Goddies Anschuldigung – und die Tatsache, dass beide
Frauen mit Tränken und Kräutern arbeiteten, was als
typisches Handwerk einer Hexe galt. Solche Beweise
waren, so schwach sie auch waren, bestenfalls faden-
scheinig.

Doch Abby kannte die Methoden des Hexenfinders: Beweise sammeln, während die Angeklagten ver-

wirrt und gegeneinander ausgespielt wurden. Wenn es gelänge, eine vermeintliche Hexe gegen die andere auszuspielen – was in Brampton offenbar bereits vor Simon Hopkins' Eintreffen begonnen hatte –, so war der Vorteil auf seiner Seite.

Hopkins könnte Rebecca Thacker Straffreiheit anbieten, wenn sie die Anklage unterstützte. Dann stünde Paulina Pepys allein da – als die Hexe von Brampton.

Ein weiser, ausgewogener Magistrat könnte die aufkeimende Hysterie im Keim ersticken, die sogenannten Beweise des Hexenfinders zurückweisen und die Tatsachen nüchtern prüfen. So waren viele angeklagte Frauen schon dem Strick entkommen oder sogar freigesprochen worden, und das Verfahren wurde eingestellt.

Nach allem, was die Inquisitoren wussten, gab es in Brampton keinen weisen, ausgewogenen Magistrat. Es gab Bulstrode Bennett.

Die Lage war also ernst.

Als sie sich nach einer kurzen Erfrischung in ihren Zimmern im Bull wieder im Schankraum einfanden, waren Abby und Jacob schockiert, Goddie Grimston dort mit seiner Frau sitzen zu sehen. Das Bauernpaar spülte Brot und Käse mit Bier hinunter und spielte Karten.

Kaum hatte der Bauer sie entdeckt, sprang er auf, wobei sein Hocker nach hinten kippte. Er stapfte auf sie zu, schwankend und offensichtlich betrunken.

Jacob erhob sich ihm entgegen, doch Goddie drückte ihm eine aus Stroh und Kräutern geflochtene Puppe ins Gesicht, geformt wie ein Mensch. Ein Dorn steckte dort, wo das Herz sein sollte.

„Seht her!", rief er lallend. „Der Fluch der Hexen, den sie mir an die Tür gelegt haben. Die pestilenten Knechte Satans sind am Werk, aber ich werde Gerechtigkeit finden, bevor sie zuschlagen!"

„Diese Puppe hätte jeder in diesem Dorf an eure Tür legen können", entgegnete Abby.

„Riecht daran!", befahl Goddie und hielt ihr das Ding unter die Nase.

Sie gehorchte, um ihn nicht noch mehr zu reizen.

„Lavendel!", erklärte Goddie, mit einem Rülpser. „Wie ihn das Pepys-Mädchen in ihrem täglichen Handel nutzt. Die Frau ist keine Kräuterfrau. Sie ist eine Hexe!"

Der Schankraum war still geworden; alle Augen richteten sich auf die Szene. Wie würden Mr Pepys' Inquisitoren auf solche Aggression von jemandem reagieren, der ihrem angeblichen Stand so weit unterlegen war? Im Dorf war das Gerücht im Umlauf, sie seien die besten Inquisitoren des Landes. Ein anderes besagte gar, sie seien einst im Auftrag des Königs selbst tätig gewesen.

Tatsächlich reagierten Mr Pepys' Inquisitoren zunächst mit betretenem Schweigen.

Gerettet wurden sie vom Wirt Barty, der an Auseinandersetzungen unter seinen Gästen gewöhnt war. Obwohl er nur halb so groß war wie der bullige, rübenköpfige Bauer, schritt er vor und wies auf Goddies Tisch, an dem dessen Frau Anne noch immer mit gesenktem Kopf saß, vor Scham errötend.

„Hinsetzen!", befahl er.

Grinsend drückte Goddie Jacob die Puppe in die Hand und knurrte: „Behaltet sie. Vielleicht trifft euch der Fluch der Hexe als Nächstes."

Goddie Grimston war weit entfernt von dem Tölpel, als den ihn John Pepys beschrieben hatte. Er war ein gefährlicher Gegner mit mächtigen Verbündeten. Falls Abby oder Jacob gehofft hatten, sie könnten den Fall mit Leichtigkeit lösen – und das hatten sie gewiss in so manchem übermütigen Moment –, so waren sie nun eines Besseren belehrt.

Sie nahmen an einem Tisch Platz, so weit von den Grimstons entfernt, wie es der Schankraum erlaubte – nur um festzustellen, dass sie nun nur zwei Tische von Bulstrode Bennett und der Frau, die sie für seine Gemahlin hielten, entfernt saßen. Auch diesmal trug das Paar für ein Abendessen in einem schlichten Dorfwirtshaus unnötig prunkvolle Kleidung, und Bennetts dröhnende Stimme übertönte das Gemurmel der Menge mühelos.

So waren die Inquisitoren dankbar für die Ablenkung, als Hatty Nettlewood an ihren Tisch trat, um ihre Bestellung fürs Abendessen entgegenzunehmen.

„Hat Goddie Grimston wohl nicht in seine Schranken gewiesen, was sagt Ihr?", sagte Hatty und verschränkte die Arme.

Jacobs Dankbarkeit verflog, und er starrte in sein Ale.

„Es ist erst unser erster Tag in Brampton, Hatty", entgegnete Abby. „Wir tun gut daran, keinen Aufruhr zu verursachen."

Hatty wirkte nicht überzeugt.

Beiden Inquisitoren war bewusst, dass sie keinesfalls das Vertrauen der Einheimischen verlieren durften. Mundpropaganda und Klatsch verbreiteten sich schnell in ländlichen Gemeinden. Die Gunst der Leute zu gewinnen, wäre ein mächtiges Werkzeug gegen Simon Hopkins. Die Alternative war unvorstellbar.

Jacob meldete sich zu Wort. „Seht her." Mit einiger Mühe griff er unter sein neues Hemd, das zu eng an seiner Brust klebte, und zog ein dünnes goldenes Medaillon hervor. Abby war es bisher noch nie aufgefallen. Es war fein graviert mit einem Familienwappen und offenbar ein kostbares, exquisites Stück Handwerkskunst. „Dieses Medaillon wurde mir von Mr Samuel Pepys überreicht, in Dankbarkeit für die Wiederbeschaffung seiner gestohlenen Tagebücher. Im Inneren: ein Miniaturporträt von Mr Pepys selbst. Ein Andenken, das er mir geschenkt hat."

Abby schwieg, wohl wissend, dass Meister Pepys nichts dergleichen getan hatte.

Hatty beugte sich vor, schnurrend: „Darf ich es berühren?"

Jacob schob das Medaillon hastig zurück unter sein Hemd. „Nein, das dürft Ihr nicht", wies er sie zurecht. „Wir haben Hunger. Bringt uns Euer bestes Abendessen! Und zwar schnell!"

Hatty tippte sich an ihre Haube und watschelte davon, sich entschuldigend.

Flüsternd fragte Abby Jacob: „Wer hat dir das Goldmedaillon gegeben?"

Er zog es erneut heraus und zeigte ihr das Bild darin.

„Dein Vater, Sir Miles?", fragte sie.

„Es wurde mir anlässlich seines Todes überreicht."

„Du hast sie hereingelegt."

„Allerdings."

Ein plötzlicher Tumult lenkte ihre Aufmerksamkeit ab.

Goddie Grimston war rücklings von seinem Hocker gestürzt und lag krampfend auf dem Boden. Sein Körper zuckte, während er wild mit den Armen fuchtelte, als wolle er unsichtbare fliegende Bestien abwehren. Anne begann hysterisch zu schreien, und Barty, der gerade noch an ihrem Tisch gestanden hatte, beugte sich über die zuckende Gestalt und wiederholte nutzlos seinen Namen.

Die Gäste des Gasthauses reckten die Hälse, dann rückten sie näher heran, um zuzusehen. Alle außer Bulstrode Bennett und seiner Begleiterin, die lautstark über seine Essensverschwendung stritten.

Ein Mann in schlichtem dunkelblauem Wams bahnte sich mit einer geschnallten Ledertasche den Weg durch die Menge. Als die Leute ihn bemerkten, wichen sie ehrfürchtig zurück und murmelten einander zu. Der örtliche Medicus, dachte Abby.

Goddies Krämpfe hatten inzwischen nachgelassen. Er lag auf dem Rücken, die Hände zitternd, schweißüberströmt.

„Der Fluch der Hexen!", rief jemand, was zustimmendes Gemurmel auslöste.

Der Medicus kniete sich nieder, tastete Goddies Puls und hob ihm die Lider, um seine Pupillen zu prüfen. „Goddie? Goddie?" Er sprach ruhig, bekam jedoch keine Antwort.

Der Bauer formte stumm Worte, Schaum trat ihm an die Lippen.

Der Medicus griff in seine Tasche, wühlte darin und zog eine braune Flasche mit Stöpsel hervor. „Holt einen kalten Umschlag! Und eine Decke!"

Während Barty und Hatty Nettlewood diesen Anweisungen folgten, versuchte der Medicus, seinem Patienten etwas von der Flüssigkeit einzuflößen. Doch Goddie würgte nur, und die verabreichte Tinktur tropfte ungenutzt an seiner Wange herab auf den Boden.

Der Medicus wandte sich erneut seiner Tasche zu, auf der Suche nach einer anderen Behandlung.

Goddie hob den Kopf, die blutunterlaufenen Augen weit aufgerissen, starrte ins Leere. „D-d…", stöhnte er.

Es war sein letzter sterblicher Laut. Sein Kopf sank zurück, und er lag reglos da.

Im Schankraum breitete sich unheimliche Stille aus, die nur von Annes furchtbarem Schmerzensschrei durchbrochen wurde.

Eine Stimme fragte: „Was hat er gesagt?"

„Irgendetwas mit D…", antwortete eine andere.

Bulstrode Bennett erhob sich, sein Stuhl kratzte laut über den Boden, alle Augen richteten sich auf ihn. „Die Hexen von Brampton!", verkündete er mit geübter Autorität. „Das waren die Worte, die Goddie Grimston aussprechen wollte, ehe der Tod seine grausame Hand nach ihm ausstreckte. *Die Hexen von Brampton.*"

„Sie haben ihn getötet", hauchte Anne Grimston kaum hörbar, bevor sie ohnmächtig zu Boden sank.

Ein paar Leute eilten zu ihr, während der Medicus Goddies Lider schloss, damit niemand mehr seinen angstverzerrten Blick sehen musste.

Jacob spürte etwas in seiner Tasche und zog es heraus. Es war die Puppe, die Goddie ihm zugesteckt hatte.

Hatten die Hexen tatsächlich zugeschlagen?

Chapter Ten

Nachspiel

Der Tod von Goddie Grimston erforderte eine scharfe Wende in den Ermittlungen. Plötzlich verteidigten die Inquisitoren nicht mehr nur Paulina und Rebecca gegen den Vorwurf der Hexerei; da ihr Ankläger nun tot war – angeblich durch Hexenhand –, verteidigten sie nun potenzielle Mörderinnen. Die Gerichte würden das sehr ernst nehmen.

Goddie war zum Schweigen gebracht worden – zumindest schien es so. Hexenflüche und dunkle Magie mischten den brodelnden Kessel der Angst nur noch kräftiger auf.

„Wenn Paulina und Rebecca Goddie nicht getötet haben", dachte Abby laut, „wer dann? Und warum?"

Die naheliegendste Antwort war, darin waren sie sich einig: um noch mehr Verdacht auf die beiden Frauen zu lenken und die Schwere ihrer vermeintlichen Verbrechen zu eskalieren.

„Was, wenn sie tatsächlich Hexen sind?", fragte Jacob.

Goddies Leichnam war nach Hause gebracht worden, gefolgt von seiner untröstlichen Frau, um auf
die Beerdigung zu warten. Das Wirtshaus hatte sich
danach rasch geleert, die Gäste hatten nach den
schrecklichen Szenen keinen Appetit mehr. Nur Abby
und Jacob blieben zurück.

„Glaubst du an Hexerei, Jacob?", fragte Abby.

Er hielt immer noch die Strohpuppe umklammert,
als wäre sie durch ihre unheimlichen Kräfte an ihm
haften geblieben. Er schauderte. „Ich gestehe, es lässt
sich nicht so leicht aus meinem Sinn verbannen. Viele
Geschichten und Berichte sind zu mir gedrungen, die
zu seltsam sind, um sie zu begreifen. Wie sonst erklärt
man die finsteren Missgeschicke, die uns heimsuchen?
Wie erklärt man angemessen den Tod von Goddie
Grimston?"

Abby löste die Puppe aus Jacobs Griff und roch
daran. „Tatsächlich Lavendel", sagte sie und steckte
sie in ihren Mantel. „Ich habe mit Master Pepys über
Hexerei gesprochen. Wir haben die Literatur durch-
forstet und teilen dieselbe Ansicht: Die Welt ist voller
Rätsel, die sich nicht erklären lassen; doch er neigt
zu rationalen, wissenschaftlichen Erklärungen statt zu
dämonischen Kräften. Und ich stimme ihm zu. Wir
müssen den Medicus aufsuchen, der Goddie in seinen
letzten Momenten behandelt hat. Sein Blickwinkel
wird in der Wissenschaft verwurzelt sein."

Jacob sah nachdenklich aus. „Wenn es tatsächlich die Wissenschaft war, dann könnte jeder der Anwesenden Goddies Ende herbeigeführt haben. Doch gestehe ich, die Methode entzieht sich mir."

Abby nickte. „Jeder Mann – oder jede Frau –, genau, Mr Standish. Wir müssen eine Liste von Verdächtigen erstellen. Unsere beste Chance, Paulina und Rebecca zu entlasten, ist, herauszufinden, wer Goddie Grimston getötet hat. Wir werden jeden verhören und sehen, wer lügt. Goddies Tod und die Hexenanklage müssen miteinander verbunden sein."

Sie saßen an ihrem Tisch im abgedunkelten Schankraum, nur eine Kerze zwischen ihnen warf flackerndes Licht, alle anderen Öllampen und Kerzen waren längst erloschen. Es wirkte intim, fast spirituell.

Hatty war zu Bett gegangen, aber ihr Mann war im Hinterzimmer immer noch geschäftig zu hören. Jacob rief nach ihm, und bald erschien Barty an ihrer Seite, keuchend.

„Würdet Ihr Euch zu uns setzen?", fragte Jacob.

Barty zog einen Hocker heran, ließ sich darauf nieder und atmete schwer aus. Er hatte die falsche Augenklappe abgenommen, und im schummrigen Licht wirkten die Tränensäcke unter seinen Augen tiefer denn je. „Ach herrje, ach herrje, ach herrje", stöhnte er, allen gewohnten Humor verloren. „So ein schrecklicher Anblick. Das wird meiner Kundschaft nicht guttun."

„Und auch nicht Anne Grimstons Lebensunterhalt", fügte Abby hinzu.

„In der Tat, das versteht sich von selbst. Und der arme Mann."

„Mögtet Ihr ihn?", fragte Abby.

Barty tätschelte Abby den Arm. „Nein, ganz und gar nicht. Kaum jemand mochte ihn. Wollen wir ein Bier trinken?"

Als der Wirt mit drei Zinnkrügen zurückkehrte und sie auf den Tisch stellte, fragte Abby weiter. „Ihr sagtet, dass ihn nur wenige mochten. Hatte jemand Grund, ihn tot zu sehen?"

„Wo soll ich anfangen?", kam die Antwort.

Die Inquisitoren warteten auf ein Lachen, ein Zeichen, dass er scherzte. Es kam keines.

Barty zählte jene auf, die während des Vorfalls im Bull anwesend gewesen waren und in Verbindung mit der Untersuchung standen. Abby zog eine Schreibfeder, ein Tintenfass und ein Notizbuch (von ihrem Herrn gestiftet) aus einem Beutel an ihrem Gürtel und schrieb mit.

Bulstrode Bennett (und Ehefrau Helen) – der Magistrat
Will Farlow (am Tisch mit Lord Fairfax' Stallmagd Alice Wilkins) – Paulinas Verehrer

*Der Medicus Archibald Bramwell – versuchte, Goddie
zu behandeln*
Anne Grimston – Goddies Ehefrau

„Ist das alles?", fragte Abby.

„Ah!", rief Barty und schlug zur Betonung auf
den Tisch. „Mistress Thacker war noch hier, kurz
bevor Ihr angekommen seid. Sie brachte mir mein
Lieblingswams zurück, nachdem sie es geflickt hatte."

Rebecca Thacker

Abby runzelte die Stirn, während sie den Namen
aufschrieb. „Das ist das Letzte, was wir jetzt brauchen.
Gerade die Frau, deren Unschuld wir zu beweisen
versuchen, war hier, kurz vor Goddies Tod."

„Ihr verdächtigt sie doch nicht etwa?", fragte der
Wirt.

„Sie suchte die Schuld bei P...", setzte Jacob an.

Abby legte ihm den Finger auf die Lippen und
brachte ihn zum Schweigen. „Besser, wir behalten das
für uns, Jacob."

Das erzürnte Barty. „Die guten Leute von Brampton
haben ein Recht zu wissen, ob eine Hexe unter ihnen
ist", schnappte er. „Haben Ihr und ich nicht dieselben
schrecklichen Ereignisse miterlebt? Denkt an die Puppe,
die Goddie Euch in die Hand gedrückt hat, Mr Standish

– so eine wie die, die er vor der Zerstörung seiner Ernte fand. Das war Hexerei, klar und deutlich."

Abby lächelte in sich hinein. Die Gutgläubigkeit dieser Landbewohner war zu erwarten gewesen. Es war ihre Aufgabe als Inquisitorin, eine wissenschaftliche Erklärung für diese angeblich okkulten Vorkommnisse zu finden. Und herauszufinden, wer Grund hatte, Goddie tot zu sehen.

Sie wandte sich an den Wirt. „Ihr sagtet, dass Will Farlow hier mit Alice Wilkins speiste. Dabei ist Farlow doch Paulina Pepys' Verlobter?"

Barty nahm einen kräftigen Schluck Bier und leckte sich die Lippen. „Farlow und Wilkins waren einst verlobt. Doch als Paulina Interesse an ihm zeigte, wechselte er rasch seine Zuneigung. Wie Ihr Euch vorstellen könnt, nahm Mistress Wilkins das sehr übel."

„Und doch saßen sie heute Nacht zusammen hier", bemerkte Abby.

Barty beugte sich vor und bedeutete ihnen, es ihm gleichzutun. „Was in den Gemächern anderer vorgeht, kann ich nicht wissen. Und ich wollte es auch nicht", sagte er, Abbys skeptischen Blick ignorierend. „Aber eines weiß ich. Mr Farlow ist kühn, während Mistress Pepys allzu unschuldig in Liebesdingen ist."

„Haben sie die Schenke gemeinsam verlassen?", fragte Jacob.

Barty hielt inne, um die Frage zu bedenken. „Mitten in all dem Aufruhr kann ich das nicht mit Gewissheit sagen … Könnte einer von ihnen Goddie ermordet haben?"

Abby, die weder Will noch Alice bisher begegnet war, zuckte mit den Schultern.

„Sie sind keine Hexen!", rief Barty aus.

„Hexen, Mr Nettlewood, nehmen viele Gestalten an", entgegnete Jacob. „Sie sind dafür bekannt, zu täuschen und sich zu verstellen, um keinen Verdacht zu erregen."

Abby leerte ihren Krug mit einem Schwung und stellte ihn ab. „Oder vielleicht liegt die Wahrheit jenseits dieser Geschichten von Hexerei? Jacob, wir sollten zu Bett gehen. Morgen früh statten wir dem Medicus Bramwell einen Besuch ab – und wir werden unseren Verstand brauchen."

Chapter Eleven

Der gute Medicus?

Archibald Bramwell, der persönliche Medicus von Lord und Lady Fairfax, genoss eigene Gemächer in einem Flügel des Ravenscourt Manor. Er beriet sie in Fragen der Hygiene und führte regelmäßig Aderlässe durch, um die Säfte im Gleichgewicht zu halten – was man für förderlich für die Gesundheit hielt.

Er hatte zudem die Geburten der zehn Kinder des Paares betreut – höchst effizient, muss man hinzufügen, da nicht eines im Säuglingsalter verstarb.

Das herrliche Wetter des Vortags schien nur noch eine ferne Erinnerung, als Abby und Jacob sich nach einem stärkenden Frühstück aus frischem Obst auf den Weg zum Anwesen der Fairfaxes machten. Zunächst folgten sie dem Weg zum Grimston-Bauernhof, da sie das Herrenhaus am Vortag bereits aus der Ferne erblickt hatten.

Der Himmel war gleichmäßig grau, eine einzige, dräuende Regenwolke, und eine tiefhängende

Nebeldecke lag über dem Boden in alle Richtungen. Es war kühl und nieselte leicht, doch keiner der beiden Inquisitoren schien sich daran zu stören. Die feuchte Luft ließ den Duft von süßem, nassem Gras aufsteigen, was eine willkommene Abwechslung zum Gestank Londons war.

Jacob war nervös, weit mehr als Abby, die es gewohnt war, Reichen, Adligen und anderen Anspruchsvollen in ihrem täglichen Dienst zu begegnen. Ihr Herr empfing oft hohe Marineoffiziere, wohlhabende Kaufleute und allerlei Schmarotzer in der Seething Lane, und sie sorgte für Speis und Trank, das Wohl der Gäste – und blieb doch stets dezent im Hintergrund. Pepys liebte es, zu unterhalten und unterhalten zu werden.

„Mir graut vor der Begegnung mit Lord Fairfax", gestand Jacob mit gesenktem Kopf, während er wie ein züchtig gerügtes Kind mit den Ledersohlen über den Weg scharrte. „Ich werde sicher nur stottern und mich lächerlich machen."

Als er aufsah, tauchte in der Ferne ein pferdegezogener Karren aus dem Nebel auf. Eine schattenhafte Gestalt führte das Pferd, der Karren war mit Heu beladen. Abgelenkt stolperte Jacob über einen toten Ast auf dem Weg und landete seitlich in einem Graben.

„Mr Standish, was tun Sie denn da?", fragte Abby.

Wortlos klopfte er sich ab und kehrte auf den Weg zurück.

Der alte Bauer, der den Karren führte, sah Jacob misstrauisch an, als sie sich begegneten. „Hab' Sie in den
Graben springen sehen."

„Ich bin nicht gesprungen", entgegnete Jacob mür-
risch. „Ich bin gestolpert."

„Ja", sagte der Bauer nur. „Aus London, was?"

Der Weg senkte sich und führte sie über die Alconbury
Brooke via die steinerne Nun's Bridge mit ihren fünf
breiten Bögen. Das prächtige Torhaus von Ravenscourt
Manor lag bereits vor ihnen.

Jacob begutachtete nervös sein Wams, das nun vom
Sturz verschmutzt war. Er leckte sich die Hand und
rieb hektisch an einem Fleck. „Ich werde schon wieder
frisches Gewand benötigen", murmelte er.

Abby hüpfte vor, drehte sich zu ihm um und ging
rückwärts, die Arme schwingend. „Das wäre schade, da
ich Ihr neues Hemd doch so bewundere." Ihr Tonfall
ließ eine Spitze erwarten. „Es lässt Sie aussehen wie ein
Pepys!"

Sie rannte lachend davon, und Jacob jagte ihr nach. Für
diesen Moment vergaßen beide all ihre Sorgen – die bald
genug zurückkehren würden.

Das steinerne Torhaus beeindruckte mit einem
gewaltigen, hölzernen Torbogen, groß genug für eine
Kutsche, mit kleineren Bögen zu beiden Seiten für
Fußgänger. Das Haupttor stand einladend offen, ohne

Wache – Lord Fairfax erwartete offenbar keinen Ärger. Die Zinnen deuteten auf eine einstige Befestigung hin. Über dem Bogen prangten filigrane Blumenornamente und zwei steinerne Wächter, die abgehauene Baumstämme hielten, ganz im gotischen Stil.

Es roch förmlich nach Reichtum und Ansehen.

Hinter dem Tor offenbarte sich Abby und Jacob ein noch großartigerer Anblick: Ravenscourt Manor selbst. Als regelmäßiger Besucher und Freund der angesehenen Besitzer hatte ihr Herr oft von seiner Geschichte geschwärmt.

Das Haus – eher ein Palast, seinem Ausmaß nach – war im 11. Jahrhundert als Benediktinerinnenkloster erbaut worden, daher auch die Nun's Bridge, die die Inquisitoren soeben überquert hatten. Die Vorfahren Oliver Cromwells hatten das Anwesen im vorigen Jahrhundert übernommen, nachdem es von Heinrich VIII. im Zuge der Katholikenverfolgung eingezogen worden war. Seither war es in den Besitz der Fairfaxes übergegangen. Königin Elisabeth und König Jakob hatten beide dort genächtigt.

Die Pracht der grauen Steinarchitektur ließ die Inquisitoren ehrfürchtig innehalten. Riesige Erkerfenster links vom Haupteingang ließen Licht in die großen Hallen fluten. Die Dachlinie zeichnete sich scharf gegen den Himmel ab, mit Kaminen, spitzen Giebeln und weiteren Zinnen.

Links des Zufahrtswegs erstreckte sich ein runder Rasen, von einem gefliesten Weg durchzogen, mit akkurat gestutzten Buchsbäumen. In der Ferne waren Blumen- und Kräutergärten zu erkennen.

Rechts vom Hauptgebäude, im rechten Winkel zu dessen Mauern, erstreckte sich ein weiterer gewaltiger Trakt aus kontrastierendem rotem Backstein – ein stiller Zeuge für die fortwährende Entwicklung des Herrenhauses. Dahinter erhoben sich weitere Dächer, die vermuten ließen, dass sich das Anwesen ins Unendliche erstreckte.

„Könnten wir nicht umkehren zum Gasthof?", fragte Jacob, während er nervös an seiner Perücke zupfte.

Ein Bediensteter öffnete ihnen die große Tür und verneigte sich. „Wie darf ich behilflich sein?", fragte er.

Im Inneren roch es nach Holz und Bienenwachs, und sie erblickten eine prächtige Diele aus dunklem Holz mit kunstvollen Schnitzereien und Porträts an den Wänden. Die Decke war so hoch wie keine, die sie je zuvor gesehen hatten.

Der Diener war groß, fast von Jacobs Statur, jedoch doppelt so alt, und trug eine waldgrüne Livree mit kleinen Zinnknöpfen und einer silbernen Familienwappen-Nadel am Revers. Respektvoll, doch wachsam, stellte er sich als Edgar vor.

Jacob wartete wie gewohnt, dass Abby das Wort ergriff. Als sie es nicht tat – es war kaum die Rolle einer Dienstmagd, selbst wenn sie nun als Inquisitorin auftrat –, stammelte er: „Wir sind hier im Namen von Mr Samuel Poop... nein, Pope!"

Edgar zog spöttisch eine Braue hoch. „Pope, mein Herr? Ich fürchte, den kennen wir nicht."

„Mr Pepys!", rief Jacob, inzwischen hochrot. „Mr Samuel Pepys! Der Papst wäre ein ganz anderer Bursche. Verzeiht, ich bin ein Narr."

„In der Tat, mein Herr", entgegnete der Diener, auf eine Weise, die dennoch höflich klang.

Nachdem ihre Legitimation geklärt war, führte Edgar sie wieder hinaus, umrundete mit ihnen das Hauptgebäude und wies auf eine Tür. „Die Gemächer des Medicus Bramwell."

„Ist Lord Fairfax zugegen?", konnte sich Jacob nicht verkneifen zu fragen.

„Seine Lordschaft weilt in London, mein Herr", entgegnete Edgar.

„Oh Gott sei Dank!", entfuhr es Jacob, bevor er sich erschrocken die Hand vor den Mund schlug. „Ich meine..."

„Ich weiß, was Ihr meintet, mein Herr", intonierte der Diener eisig und stolzierte davon.

Kaum war er außer Hörweite, vergrub Jacob das Gesicht in den Händen. „Warum habt Ihr mich nur sprechen lassen?", stöhnte er.

„Komm!", sagte Abby, griff nach der Klinke von Bramwells Eichentür und lächelte. „Ich rede schon, keine Sorge."

Archibald Bramwells Gesicht erkannten sie sofort vom Vorabend wieder. Er lächelte warmherzig und war, wie Abby fand, recht ansehnlich, wenn auch ein wenig zu alt für ihren Geschmack (er mochte Ende vierzig sein). Zudem war er vielleicht der sauberste Mann, dem sie je begegnet war.

Er hatte lange, perfekt gepflegte Finger und ein glattrasiertes Gesicht, sein grauschimmerndes Haar jedoch trug er lässig zerzaust. Auch seine Kleidung deutete darauf hin, dass er kein Mann großer Förmlichkeiten war: Das Halstuch hing lose, und sein smaragdgrüner Samtrock hatte schon bessere Tage gesehen.

„Tretet ein", sagte er. „Lasst uns am Feuer Platz nehmen, damit Ihr Eure Gewänder trocknen könnt. Ich bemerkte Euch beide gestern Abend im Bull, Zeugen von Grimstons tragischem Ende. Ich nehme an, Ihr seid die vielgerühmten Inquisitoren des Herrn Pepys?"

„Die meisten scheinen über Goddies Tod erfreut", entgegnete Abby und ignorierte seine Frage.

Bramwell blinzelte sie neugierig an. „Alle Menschen sind gleich geschaffen…? Ich kenne Euren Namen nicht."

„Abigail. Abigail Harcourt."

Er verneigte sich, nahm ihre Hand und küsste sie. „Alle Menschen sind gleich geschaffen, Abigail", sagte er und hielt ihren Blick fest.

„Und ich, mein Herr, bin Jacob Standish. Ebenfalls Inquisitor im Dienste des ehrenwerten Mr Pepys."

Bramwell würdigte ihn kaum eines Blickes.

Sie befanden sich in einem geräumigen Zimmer, das zugleich Studier- und Wohnraum zu sein schien. Buntglasfenster ringsum warfen farbige Lichtspiele auf den Boden. Ein Eichenschreibtisch war überstreut mit Papieren und Büchern, auf einem Tisch daneben standen Mörser, Pistillen, Flaschen und Gläser mit Kräutern, Pulvern und Flüssigkeiten. Bücherregale säumten die Wände.

Der Medicus wies ihnen einen Platz auf einem gut abgewohnten Sofa mit vielen Kissen zu und setzte sich selbst in den Lehnstuhl gegenüber. „Wie kann ich Euch dienlich sein?"

„Eurer Meinung nach – was hat Goddie Grimston getötet?", fragte Abby.

Bramwell verschränkte die Finger und lächelte. „Ihr meint, ob ich an Hexerei glaube?"

Abby schwieg nur und hielt seinen Blick.

Der Medicus fuhr fort: „Wir dürfen keine Art des Todes ausschließen, sei sie nun sterblich oder übernatürlich. Doch ich bin ein Mann der Wissenschaft und neige zu pragmatischen Erklärungen. Der menschliche

Körper, so komplex er auch sein mag, offenbart seine Geheimnisse dem, der zu suchen weiß. Es sind diese Geheimnisse – nicht das Flüstern des Aberglaubens –, die meine Urteile über Leben und Tod leiten."

Er ließ seine Worte wirken, genoss offenbar die Ungeduld der Inquisitoren auf eine Antwort.

Jacob konnte sich nicht länger beherrschen. „Und was ist nun Eure fachliche Meinung, mein Herr?"

„Ich möchte nicht spekulieren."

„Ihr glaubt, der Mann wurde vergiftet", stellte Abby fest.

„Das tue ich", entgegnete Bramwell.

Jacob keuchte, packte Abbys Arm, bemerkte, was er getan hatte, und ließ sofort wieder los.

„Warum glaubt Ihr, dass er vergiftet wurde?", fragte sie.

„Die geweiteten Pupillen", erklärte er. „Die heftige Unruhe des armen Mannes. Doch die Todesursache könnte auch eine ganz andere gewesen sein. Wir dürfen die Hexerei nicht ausschließen."

„Was war die Flüssigkeit, die Ihr ihm im Gasthof verabreicht habt?", fragte Abby. „Mir fiel auf, dass Goddie nur wenige Augenblicke danach verstarb."

Bramwell brach in schallendes Gelächter aus. „Ich bewundere eine Frau, die sagt, was sie denkt!"

„Und die Flüssigkeit?"

Er hörte auf zu lachen und starrte sie an. „Ein Tonikum eigener Mischung. Kamille, Pfefferminze, Hagebutte und Weidenrinde, auf Brandy-Basis."

„Was habt Ihr Euch davon erhofft?"

„Ich hoffte, es möge ihn heilen. Wie wir gesehen haben, tat es das nicht."

„Hattet Ihr, mein Herr, einen Grund, Goddie Grimston tot zu sehen?", fragte sie.

Jacob schnaubte empört über ihre zunehmende Kühnheit. „Ich bitte Euch …"

Bramwell unterbrach ihn. „Still, Mr Standish. Eine treffliche Frage für eine fähige Inquisitorin. Doch meine Antwort lautet nein. Nun lasst mich uns Tee bereiten!"

Kaum war er hinausgegangen, sprang Abby auf und begann, die Fläschchen des Medicus zu inspizieren und deren Etiketten zu lesen. Jacob konnte nur entsetzt zusehen. *Man sollte nicht in den persönlichen Sachen eines Mannes von solchem Rang wühlen,* dachte er.

Bramwells Stimme erklang aus dem Nebenzimmer: „Wenn Ihr nach Giften sucht, Abigail, erspare ich Euch die Mühe. Ich besitze viele, die alle der Erforschung medizinischer Heilmittel dienen."

Reumütig setzte sie sich wieder. Jacob funkelte sie an, sein Missfallen war nicht zu übersehen.

„Fingerhut kann zur Behandlung von Herzbeschwerden und Wassersucht verwendet werden", erklärte

Bramwell, als er mit einem Silbertablett zurückkehrte, auf dem kostbare Porzellantassen standen. „Schierling bei Krämpfen und Arsenik als allgemeines Kräftigungsmittel." Er stellte das Tablett ab. „In kleinen Dosen."

„Welches Gift, glaubt Ihr, hat Goddie Grimston getötet?", warf Jacob ein, sichtlich fasziniert.

„Das vermag ich nicht zu sagen."

„Und wenn ich dieselbe Frage stellte?", sagte Abby.

„Dann würde ich antworten: Belladonna."

Jacobs Mund klappte auf.

Bramwell sprach unbeirrt weiter. „In meiner Praxis bin ich mit seinen Symptomen wohlvertraut, die geweitete Pupillen, Halluzinationen und Krämpfe einschließen – genau wie bei Grimston."

„Führt Ihr zufällig Belladonna?", fragte Abby.

„Ja, ich kultiviere es sogar und experimentiere mit vielen Giften. Jeder angesehene Medicus tut das", entgegnete er mit einer Kunstpause. „Doch Ihr solltet wissen: In Gestalt der Tollkirsche wächst Belladonna wild in den englischen Hecken. Ihre Beeren sind so schwarz wie die Nacht. Achtet darauf, und Ihr werdet sie auch in Brampton finden."

Sie nippten an ihrem Tee. Abby hatte das Getränk noch nie zuvor gekostet – es war ein teurer Luxus – und fand es fremd und bitter. Nach all den Gesprächen über Gifte fühlte sie sich paranoid und ließ die Tasse weitgehend unberührt. Jacob, der an höhere Kreise gewöhnt war, kannte sowohl Tee als auch Kaffee – ein weiterer exotischer Import, der unter Londons Geschäftsleuten immer beliebter wurde –, bevorzugte aber eindeutig Ale.

Das Gespräch wandte sich Goddies letztem Wort: „The b…"

„Es mag wohl so sein, wie der Magistrat, Mr Bennett, es an jenem Abend deutete: ‚Die Brampton-Hexen'", schlug Bramwell vor. „Soweit ich weiß, glaubte der Bauer fest an deren Existenz."

Abby zupfte am Saum ihres Kleids. „Doch vielleicht wollte er auch sagen …"

„‚Das Bier'", schnitt Bramwell ihr das Wort ab.

„Wir sollten mit Barty Nettlewood über seinen Keller sprechen", sagte sie zu ihrem Kollegen.

Als sie sich verabschiedeten, fragte Jacob den Medicus, ob er Alice Wilkins kenne.

Bramwell schien für einen Moment irritiert. „Natürlich. Warum fragt Ihr?"

Jacob erklärte, dass sie wüssten, die Stallmagd arbeite auf dem Gut, und sie müssten mit ihr sprechen. (Er verschwieg, dass er die Frage lieber dem unhöflichen Medicus stellte als dem hochmütigen Diener Edgar. Beide hatten ihn klein fühlen lassen; einer noch mehr als der andere.)

Abby war direkter. „Ihr schient überrascht von der Frage?"

„Alice Wilkins ist für ihr aufbrausendes Temperament bekannt und besitzt... einen gewissen Ruf. Ein Mann meines Standes meidet ihre Gesellschaft besser." Er öffnete ihnen die Tür. „Mr Standish. Abigail Harcourt." Sein Blick verharrte auf ihr. „Ich hoffe, Ihr erweist mir die Ehre eines weiteren Besuchs. Vielleicht das nächste Mal in weniger professioneller Angelegenheit."

Chapter Twelve

Die Stallmagd

Die Ställe von Lord Fairfax lagen gut eine halbe Meile von den Gemächern des Arztes entfernt, doch immer noch innerhalb des weitläufigen Anwesens. Zwar hatte sich der Nebel verzogen, doch ein feiner Nieselregen hielt an. Die Inquisitoren durchquerten geometrisch angelegte Ziergärten sowie Küchen- und Kräutergärten.

Jacob bemerkte eine Ansammlung von Pflanzen mit glänzend schwarzen Beeren. Tollkirsche, dessen war er sich sicher, und er murmelte: „Bramwells Gifte?"

Schafe und Rinder standen verstreut auf den gelblichen, sonnengetrockneten Feldern und in den Obstwiesen, in der Ferne waren Auenwiesen zu sehen. Weidende Pferde, die sich in einem eingezäunten Gehege neben einem breiten, niedrigen Steingebäude mit Schieferdach versammelt hatten, wiesen ihnen das Ziel.

Alice Wilkins war drinnen, in einer von einem Dutzend Boxen, und striegelte ein muskulöses schwarzes Pferd mit weißer Stirn und weißen Fesseln. Andere Pferde, feine Exemplare, die Fairfax für die Jagd nutzte, lugten neugierig aus ihren Boxen und beäugten die Besucher. Der alles durchdringende Geruch – für Abby und Jacob neu – war unverkennbar: Heu und Stroh, vermischt mit dem Duft von Mist.

So vertieft war die Stallmagd in ihre Arbeit, dass sie die Inquisitoren zunächst nicht bemerkte, wie sie am Tor der Box lehnten. Beide waren mit Pferden vertraut, von den Kutschpferden Londons her. Doch noch nie war ihnen ein so majestätisches Tier begegnet.

„Darf ich ihn streicheln?", fragte Abby.

Erschrocken keuchte Alice auf und wirbelte herum, um die Stimme zu orten. Augenblicklich stand sie Abby gegenüber, Wut in den Augen. Abby wich zurück, aus Furcht vor einem Angriff – doch ebenso schnell, wie die Wut gekommen war, verflog sie wieder. Der jähe Stimmungswechsel war für Abby fast noch beunruhigender als die anfängliche Drohung.

Ehe sie sich versah, stand Jacob zwischen ihnen und stellte sich der Stallmagd. Obwohl er deutlich größer war, wirkte Alice ebenso kräftig wie die Vollblüter, die sie betreute.

Abby zog ihn sanft beiseite. „Schon gut, Jacob. Wir können sicher zivilisiert miteinander sprechen, nicht wahr?"

„Das kommt darauf an. Wer zum Teufel seid ihr?", verlangte die Stallmagd.

„Ihr tragt Parfum", stellte Abby fest, als ihr der Duft von Sandelholz und Minze in die Nase stieg.

„Na und?", konterte Alice. „Es überdeckt den Stallgeruch."

Nachdem man sie endlich vorgestellt und die Stallmagd von ihren Berechtigungen überzeugt hatte, öffnete Alice das Tor, um zu den Inquisitoren zu treten. Als Abby daraufhin zum Pferd ging, schnellte Alice' Arm hervor und versperrte ihr den Weg. „Niemand fasst Lord Fairfax' Pferde an", knurrte sie. „Nur ich, der Stallmeister und Lord und Lady Fairfax. Sonst gibt es böse Folgen."

Abby hatte eigentlich vorgehabt, gleich mit der Frage zu beginnen, warum die Stallmagd den Abend mit ihrem ehemaligen Verlobten – Paulina Pepys' vermeintlichem Verehrer – Will Farlow verbracht habe. Da ihr das nun unklug erschien, fragte sie stattdessen nach Alice' Werdegang auf dem Anwesen, um das Eis zu brechen.

Alice berichtete, dass ihr Vater John der derzeitige Stallmeister sei und schon ihr Großvater, Urgroßvater und Ururgroßvater die Pferde auf diesem Anwesen betreut hätten, bis zurück ins 16. Jahrhundert. Sie sprachen über das Gut und ihre Aufgaben, und Abby erwähnte, dass sie gerade von Bramwell gekommen seien.

Nachdem sie die Stallmagd so in Sicherheit gewiegt hatte, begann Abby ernsthaft. „Ihr wart gestern Abend im Gasthof The Bull – in der Nacht von Goddie Grimstons Tod?" (Eine Frage, keine Feststellung, obwohl sie die Antwort schon kannte.)

Alice war jedoch gewachsen. „Das wisst ihr doch. Ihr wart auch dort."

Abby wollte gerade antworten, als Jacob sich einmischte: „Ja, mit Will Farlow!"

Die Stallmagd brach nicht in Wut aus, wie Abby erwartet hatte, sondern in schallendes Gelächter. Es dauerte eine Weile, bis sie sich wieder gefasst hatte. „Glaubt ihr das? Dass ich mit diesem Ziegenbock Will Farlow schlafe, wo er doch für die Schwester eures Mr Pepys bestimmt ist! Ach Gott!"

Sie kehrte zu ihrer Arbeit zurück und achtete darauf, das Tor hinter sich zu schließen. „Er will ein Techtelmechtel wieder aufleben lassen, das so kurz war wie der Flackerschimmer einer Kerze. Also bot er mir an, mein Abendessen zu bezahlen. Ich würde nicht noch einmal sein Bett teilen, wäre er der letzte Mann auf Erden. Und das habe ich ihm auch gesagt."

„Das kann ich mir vorstellen", murmelte Jacob vor sich hin.

„Wer, glaubt ihr, hat Goddie Grimston getötet?", fragte Abby.

„Woher soll ich das wissen?", grunzte Alice bei der Arbeit. „Ich striegle Pferde und räume ihren Dreck weg. Ich bin keine Hexenjägerin."

„Ihr glaubt, sein Tod war das Werk von Hexen?"

Die Stallmagd zuckte mit den Schultern. „So hat's Goddie gesagt."

„Ihr wart mit Goddie befreundet?"

Sie hielt inne, richtete sich auf. „Hat jemand geredet?"

Da niemand – jedenfalls nicht über Alice Wilkins – etwas gesagt hatte, wurde es still im Stall, nur das Schnauben der Tiere war zu hören.

„Wer ist es? Wer verbreitet Lügen über mich?", fauchte Alice.

Niemand hatte es.

Sie fuhr fort, sichtlich kochend. „Das konnte nur Archie Bramwell sein…"

Jacob räusperte sich, völlig harmlos, weil ihm ein Staubkorn in den Hals geraten war.

„Was hat er gesagt?" Die Stallmagd ging erneut auf sie zu.

Jacob hielt stand und machte eine Geste, dass Abby hinter ihm bleiben sollte.

„Ich nehme an, er hat euch erzählt, wie Goddie Grimston seinen kostbaren Kräutergarten zertrampelte? Wie er eine wertvolle Pflanze zerstörte, die für seine

Forschung unerlässlich war?" Am Tor angekommen, trat Alice es hart gegen den Rahmen. „Wie er daraufhin vor Wut schäumte und drohte, ihn aus dem Weg zu räumen?"

Jacob schüttelte den Kopf. Das hatte er nicht.

Abby lugte hinter Jacob hervor. „Und ihr, Alice Wilkins? Würdet ihr Goddie tot sehen wollen?"

Die Stallmagd stieß Jacob in die Brust. „Ich soll Goddie Grimston tot sehen wollen? Sie fragt mich, ob ich diesen törichten Kerl tot sehen will?" Plötzlich änderte sich ihre Stimmung. Etwas war ihr in den Sinn gekommen, das sie aus der Fassung brachte. Eine einzelne Träne löste sich aus ihrem Auge, und sie drehte sich beschämt weg.

Als die Stallmagd sich wieder gefasst hatte, kam eine Geschichte ans Licht.

Goddie Grimston habe für Alice' Vater gearbeitet, erzählte sie, und das Heu und Stroh für die Pferde des Guts geliefert. Er sei unzuverlässig, unpünktlich, dem Trunk verfallen gewesen und habe oft weniger geliefert, als vereinbart war. Eines Tages im vergangenen Jahr, als die Geduld erschöpft gewesen sei, habe ihr Vater ihn fristlos entlassen.

Noch in derselben Nacht habe jemand – wen, das habe jeder gewusst – das Stalltor von Lord Fairfax' Lieblingshengst Shadowmane offen verkeilt. Das Pferd sei vom Gut entkommen, was am folgenden Morgen eine hektische Suche ausgelöst habe, nur um das Tier schließlich tot im Fluss zu finden.

Außer sich vor Zorn habe Fairfax seinen Einfluss bei Magistrat Bennett geltend gemacht, um Goddie vor Gericht zu bringen. Doch die Beweise seien nur indirekt gewesen.

Die härteste Strafe, die nach Gesetz möglich war, sei ein Bußgeld und eine öffentliche Entschuldigung gewesen. Fairfax habe die Entschuldigung abgelehnt, immer noch zornig.

Alice und ihr Vater hätten Glück gehabt, ihre Stellung behalten zu dürfen, dank der langen Treue der Familie zum Gut.

„Ich schätze Pferde mehr als Menschen", schloss Alice bitter. „Aber ich könnte keine Menschenseele auslöschen, nicht einmal eine so schwarze wie Grimstons."

„Habt Ihr ihr geglaubt?", fragte Jacob, als sie sich auf den Rückweg ins Dorf machten.

„Ich weiß nicht, wem ich glauben soll", entgegnete sie. „Warum fragt Ihr?"

Jacob blieb stehen. „Habt Ihr die feine Silberkette um ihren Hals gesehen? Und das kunstvoll bestickte Seidentaschentuch an ihrem Gürtel?"

Auch Abby blieb stehen. „Hab' ich nicht. Ihr wollt sagen…"

„…dass solche Dinge den Lohn einer Stallmagd übersteigen."

„Sie hat noch eine andere Einkommensquelle?"

Jacob zuckte mit den Schultern.

Schweigend vor sich hin grübelnd setzten sie ihren Weg fort.

Chapter Thirteen

Will Farlow

Es war bereits später Nachmittag, als die Inquisitoren erschöpft, aber beflügelt von ihren bisherigen Erfolgen im Bull eintrafen. Die grauen Wolken hatten sich verzogen und einer blassen Sonne Platz gemacht.

Ihre Befragungen waren weitgehend erfolgreich gewesen. Sie hatten erfahren, dass Goddie vermutlich vergiftet worden war. Der Arzt – auch wenn er es verschwiegen hatte – hatte ein Motiv, den Bauern aus dem Weg zu räumen, ebenso wie die Stallmagd, die noch auskunftsfreudiger gewesen war.

Mehr, als man sich so früh in der Ermittlung hätte erhoffen können, fanden die Hausmagd und der gescheiterte Zahlmeisterlehrling.

Obwohl die Befragungen überwiegend von Abby geführt worden waren, verspürte Jacob einen Anflug von Stolz. Er mochte nicht den Löwenanteil beigetragen haben, doch es waren die ersten Tage seiner neuen Laufbahn – immerhin als persönlicher Inquisitor des Mr

Samuel Pepys – und er fühlte, dass er rasch lernte. Bestimmte Erkenntnisse stammten schließlich sicher von ihm, wie er fand … Immerhin: Hätte er nicht in jenem Moment gehustet, hätte Alice Wilkins niemals Archibald Bramwells Mordmotiv herausgeplatzt.

Er würde Mr Pepys' Vertrauen in ihn noch rechtfertigen.

Bevor sie etwas zu essen bestellten – beide waren hungrig –, wollten die Inquisitoren unbedingt Barty Nettlewood befragen. Wenn Goddie tatsächlich mit Bier vergiftet worden war – also auf wissenschaftliche Art ins Jenseits befördert –, dann: Wer hatte es ihm serviert? Könnte es gar der joviale Wirt selbst gewesen sein?

Wie Abby auffiel, hatte sie ihn und auch seine Frau bislang nicht auf ihrer Liste der möglichen Verdächtigen vermerkt.

Barty Nettlewood
Hatty Nettlewood

Als Barty an ihrem Tisch erschien, schloss er das Auge, das nicht von seiner falschen Augenklappe bedeckt war. Er fuchtelte mit den Armen, seine Finger tasteten Jacobs Gesicht ab und zeichneten die Konturen seiner Nase nach. „Ich kann nichts sehen, Sir!", jaulte er. „Ich bin erblindet!"

„Versuchen Sie es doch, die Klappe auf die andere Seite zu wechseln, Sir", schlug Jacob vor.

Der Wirt tat es, schloss nun das entblößte Auge und setzte seine Posse fort. „Es hilft nichts, Sir! Geben Sie einem blinden Mann einen Schilling!"

„Mr Nettlewood!", fuhr Abby ihn an und beendete den angeblichen Scherz augenblicklich.

Leider trug Bartys Aussage nur zur Verwirrung bei. Er selbst habe Goddie und Anne Grimston das Bier serviert, sagte er. Er habe einen Krug aus einem Fass hinter dem Tresen gefüllt und ihnen dann die Krüge direkt am Tisch nachgeschenkt.

Er erinnerte sich, dass die Grimstons guter Dinge gewesen seien – sie hatte ihre Backwaren gegen die Getränke eingetauscht, sodass sie nichts bezahlen mussten – und dass sie auf seine Gesundheit angestoßen hätten, beide vom selben Krug.

„Goddie starb; Anne nicht", schloss Barty. „Es ist nicht möglich, dass er vergiftet war."

Abby kniff die Augen zusammen und rieb sich das Kinn. „Sie haben gesehen, wie beide tranken?"

Barty nickte.

Jacob hob den Finger. „Was wäre …?" Er verstummte.

„Bitte, Jacob, fahren Sie fort", ermutigte sie ihn, offen für jede Theorie.

Jacob war sich bewusst, dass er sich vermutlich blamieren würde. „Ich verstehe nichts von der Wis-

senschaft der Gifte", sagte er. „Aber ich frage mich …
Gibt es ein Gift, das nicht sofort wirkt? Das erst mit
Verzögerung seine Wirkung entfaltet?"

Abbys Gesicht hellte sich auf. „Sie meinen, das
vergiftete Bier war nicht das, das Barty am Tisch
nachschenkte, sondern ein vorher getrunkener Krug?
Sodass jeder Anwesende es zuvor hineintun konnte?"
Sie wandte sich an Barty und fragte: „Hat Goddie mehr
als ein Bier getrunken?"

„Sie haben es selbst gesehen. Er trank mehrere."

Jacob zog seine Perücke tief über die Stirn. „Ich bitte
um Verzeihung, ich bin …"

„Nein, Jacob! Genau das ist es!" Sie griff nach seiner Hand über den Tisch und schüttelte sie freudig.
„Goddie Grimston war bereits vergiftet, als Barty ihm
diesen Krug einschenkte!"

„Beim Himmel, senkt die Stimme!", zischte Barty.
„All dieses Gerede von Gift ist schlecht fürs Geschäft!"

Eine Hand krachte mit solcher Wucht auf den
Tisch, dass ihre Humpen hüpften. Alle drei blickten auf – und sahen einen unrasierten jungen Mann,
dessen Gesicht vor Zorn und Alkohol verzerrt war. In
der anderen Hand hielt er einen leeren Tonkrug.

„Man sagt, ich sei das Gesprächsthema in Brampton!", verkündete er, während ihm der Speichel von
den Lippen spritzte.

Barty erhob sich und legte ihm beschwichtigend eine Hand auf die Schulter. „Beruhig dich, Will Farlow, oder ich werf' dich raus."

Farlow stieß ihn zu Boden. „Du und welche Armee, du kleiner Fettsack?"

Jacob stand auf, überragte Farlow und sagte ruhig: „Setzt Euch doch, Mr Farlow. Wir erklären es Euch."

Jacob sah, wie Farlows vernebelter Verstand zu arbeiten begann.

Zögerlich setzte Farlow sich. „Bring mir Apfelwein!", herrschte er Barty an und schob ihm den Krug zu. „Und schnell!"

Der frische Alkohol hob die Stimmung des jungen Mannes, und Jacob fragte sich, ob es nicht eher der Mangel an Apfelwein als das Wissen um ihre Ermittlungen gewesen war, das ihn so aufgebracht hatte. Eines stand fest: In Brampton sprach sich alles sehr schnell herum.

Farlow wirkte mitgenommen: Sein langer Gehrock war zerrissen, seine rechte Wange aufgeschürft und seine Kniebundhose schmutzverkrustet. Dennoch funkelten seine blauen Augen vor Charme. Für Abby, die seinesgleichen schon oft begegnet war, war er vor allem eines: Ärger.

„Warum stellt ihr Fragen über mich? Wer seid ihr?", verlangte Farlow zu wissen.

Er war der erste im Dorf, der nicht wusste, wer die Inquisitoren waren … Dann fiel ihnen ein: Er stammte ja aus Huntingdon, der Nachbarstadt, zwei Meilen entfernt.

Als Jacob ihm ihre Aufgabe in Brampton erklärte, minderte das Farlows Misstrauen kaum. „Was hat das mit mir zu schaffen?", verlangte er zu wissen. „Ich habe diesen Goddie Grimston nie getroffen."

„Er ist der Mann, der Eure Geliebte, Paulina – die Schwester meines Herrn – der Hexerei beschuldigt hat", erklärte Abby. „Und nun ist er tot."

Farlow rollte mit den Augen. „Na und?"

„Der Hexenjäger, Simon Hopkins, könnte bereits nach Brampton unterwegs sein", sagte Abby.

„Und was geht mich das an?"

Sie kamen nicht weiter.

Plötzlich stieß Farlow Jacob gegen die Schulter. „Und wer ist der Klotz? Kann der nicht sprechen?"

Der Inquisitor funkelte ihn an. „Doch, das kann ich. Also antwortet, Will Farlow: Wo habt Ihr letzte Nacht geschlafen?"

„Bei Alice Wilkins, mit der Ihr am Abend von Goddies Tod gespeist habt?", fügte Abby hinzu.

Farlow grinste. „Ja", entgegnete er, triefend vor Sarkasmus. „Ich lag bei Alice."

„Sie sagt, das habt Ihr nicht", konterte Jacob.

„Jeder lügt."

„Lügt Ihr, Will Farlow?", fragte Abby.

Mit einem Zwinkern und einem theatralischen Flüstern erwiderte er: „Ich lag bei Paulina Pepys."

„Ich glaube ihm nicht", sagte Jacob. „Paulinas Vater würde so etwas niemals zulassen."

„Wer seid ihr Leute überhaupt?", lallte Farlow. „Mit welchem Recht verhört ihr mich?"

Er stand auf, kippte seinen Krug in den weit aufgerissenen Mund und schluckte die Reste hinunter, wobei ein guter Teil an seinem Hemd herunterrann. Mit einer übertriebenen Geste wischte er sich den Mund mit dem Ärmel ab. „Entschuldigt mich wohl. Es ist ein weiter Weg zurück nach Huntingdon."

Farlow schwankte hinaus in die kühle Nacht von Brampton.

Chapter Fourteen

Hopkins' Hexenjagd

S imon Hopkins verbrachte die Nacht im Schmiede-gasthaus, wo er sein Pferd Jeremiah tränkte und fütterte. Er fand dort keine Freunde; seine kühle Präsenz saß einsam in einer Ecke. Den ganzen Abend über nippte er an einem einzigen kleinen Bier – wie man es Kindern gab, weil es gesünder war als das Wasser –, mit dem er eine Schale Grütze hinunterspülte.

Das Gasthaus selbst bestand im Erdgeschoss aus einer einzigen Schankstube mit – wie Hopkins anerkennend fest-stellte – schlicht eingerichteten Gästezimmern darüber, die Reisenden lediglich eine Strohlagerstatt und eine Wolldecke boten.

Ein Holzfeuer im Kamin und ein paar Öllampen erhellten den Raum. Es gab einige Tische und Schemel für die Gäste, an den Wänden hingen einfache Wandteppiche zur zusätzlichen Wärme.

Der Wirt und seine Frau führten den Betrieb; er stand hinter dem Tresen, sie wuselte geschäftig umher und bediente eine

Handvoll Reisende und Einheimische. Beide schienen genau zu wissen, wer Hopkins war – offenbar hatte sich sein Ruf bereits verbreitet – und begegneten ihm mit Vorsicht: wortkarg und den Blick abgewandt. Er genoss ihre Furcht.

Als er sich anschickte, für die Nacht hinaufzugehen, die Sonne war um die achte Stunde unter den Horizont gesunken, kam es zu einem Zwischenfall.

Zwei Männer, die offenbar aus London angereist waren, wie ihre laute Unterhaltung verriet, wurden mit steigendem Bierpegel immer ausgelassener. Als ihr Gespräch auf das Theater kam, sprang einer auf, begann zu tanzen, dabei zu singen und sein Bier über die strohbedeckten Dielen zu verschütten.

Hopkins hatte keinen Aufruhr verursachen wollen – er zog es vor, unauffällig zu bleiben, bis es Zeit war zuzuschlagen –, doch seine Geduld war am Ende.

Er erhob sich kerzengerade und richtete seinen Stab auf den Betrunkenen. „Beendet unverzüglich diese heidnische Zurschaustellung!", donnerte er.

Der Tanzende erstarrte und starrte Hopkins an. Er blinzelte, schätzte ihn ab. Er war größer als Hopkins – und deutlich trunkener. Als er dessen puritanische Tracht sah und sich vielleicht an die tyrannischen Jahre des Commonwealth und Oliver Cromwell, den Oberpuritaner, erinnerte, spuckte er auf den Boden.

Obwohl Hopkins' Oberlippe einen kaum merklichen Tick verriet, hielt er stand. Er hatte noch nie in seinem Leben gekämpft, wenngleich er schon manche Prügelei ausgelöst hatte.

„Ich fordere unverzüglich eine öffentliche Entschuldigung!", verkündete er. *„Solch moralischer Verfall wird in einer gottgefälligen Gesellschaft nicht geduldet."*

Der Betrunkene machte einen Schritt vorwärts; Hopkins einen zurück. Da trat der Wirt hinzu und sprach leise auf den Mann ein. „Leg dich nicht mit dem an. Entschuldige dich bei ihm und setz dich."

Als der Trunkene nicht sofort nachgab, aber Hopkins weiterhin finster musterte, fügte der Wirt hinzu: „Bitte."

Schließlich, mit demonstrativer Langsamkeit, gehorchte der Mann, ohne den Ankläger aus den Augen zu lassen.

Hopkins lächelte überlegen und verlangte von allen Anwesenden ein Gebet, zur Buße für diesen Skandal.

Es war ein angespanntes Gebet.

Sarah und Prudence Sawyer lebten in einem strohgedeckten Häuschen am Rand des Weilers. Seit Sarahs Mann John vor gut einem Jahr an der Pest gestorben war, mussten Mutter und Tochter doppelt so hart arbeiten, um über die Runden zu kommen.

Sarah, 37 Jahre, war Kräuterfrau und Hebamme; Prudence, gerade 16, spann Rohwolle am Spinnrad zu Garn, das sie an Händler in Cambridge verkaufte. Prudence hatte das Aussehen ihrer Mutter geerbt – beide trugen ihr langes blondes Haar unter Leinentüchern zurückgebunden, beide hatten leuchtend grüne Augen und flache Nasen –, doch die Runzeln im Gesicht der Mutter zeugten von hart ertragenen Tagen.

Wie die Bündel Rosmarin, Lavendel und Kamille, die von den Balken des Häuschens hingen, sollte bald auch ihr Leben aus den Fugen geraten.

Domp! Domp! – *dröhnte es an der Tür, als Simon Hopkins' Stab zweimal schwer aufschlug. Für Sarah und Prudence klang es wie das Verhängnis, das sie seit der Nachricht von der Ankunft des Hexenjägers am Vorabend erwartet hatten. Keine der beiden hatte ein Auge zugetan.*

Wie erstarrt starrten sie einander an, als Hopkins' Gesicht im Fenster erschien und er mit den Knöcheln an die Scheibe klopfte. „Aufmachen!", verlangte er. „Im Namen des Herrn!"

Im scharfen Gegensatz zu Henry Draytons Behausung war die der Sawyers ordentlich und gepflegt, ein Bild von Widerstandskraft und Würde. Ein ländliches Kreuzstichmotiv und gerahmte Blumenbilder schmückten die Wände. Der Raum roch wunderbar: ein durchdringender Duft von Kräutern und Wildblumen, den Werkzeugen des mütterlichen Handwerks.

In einer Ecke befand sich eine kleine Küchennische. Daneben standen Flasche um Flasche, ordentlich beschriftet: „Schafgarbe", „Mutterkraut", „Johanniskraut" … Als Hopkins sie ins Auge fasste, wusste Sarah genau, was er dachte: Hexengebräue.

Sie stand an ihrer Werkbank, trug ein schlichtes Wollkleid mit Schürze und mischte mit Mörser und Stößel eine Heilsalbe. Prudence, ähnlich gekleidet, saß an ihrem Spinnrad vor dem prasselnden Feuer. Das sanfte Surren und Klacken war der gewohnte Rhythmus ihrer Tage, doch nun war es verstummt.

„Ihr wisst wohl, wer ich bin und warum der Herr mich gesandt hat", sagte Hopkins. „Schwerste Anschuldigungen von dämonischer Natur sind gegen euch erhoben worden. Ihr seid Hexen."

Sarah warf sich ihm zu Füßen, klammerte sich an seine Knöchel, während ihre Tochter zu weinen begann. „Wir sind keine Hexen, Herr! Ich bin eine einfache Kräuterfrau, und meine Tochter spinnt ihr Garn. Wir haben der armen Frau nie etwas zuleide getan. Bitte, Herr, Ihr müsst mir glauben!"

Hopkins riss sich mit einem Tritt aus ihrem Griff. „Wo sind Prickears? Und Dainty?"

Als beide Frauen ratlos blickten, fügte er hinzu: „Eure Vertrauten. Ein schwarzes Kaninchen, das andere ein schwarzes Kätzchen. Eure Dämonen, die ihr säugt."

„Herr", sagte Sarah immer noch kniend, die Hände gefaltet, „wir wissen nichts von solchen Vertrauten. Wir sind einfache Leute, die mühsam als Kräuterfrau und Spinnerin ihr Brot verdienen. Wir sind keine Hexen. Wenn jemand böse ist, dann jener Henry Drayton, der solche Lügen über uns verbreitet. Aus Rache, Herr. Er …"

„Schweig, Weib!", donnerte Hopkins. „Der Herrgott selbst wird über euch richten, nicht ich."

Und er glaubte es wirklich.

Hopkins suchte die dritte angebliche Hexe, Dorothy Kipling, auf und zerrte sie aus ihrem Haus. Obwohl ihr Mann laut protestierte, wurde er durch die Autorität, die Hopkins ausstrahlte, und seine Drohungen eingeschüchtert. Dorothy wurde in die Dorfhalle geworfen, wo sie stolperte und hinfiel. Sarah und Prudence waren schon da, saßen gehorsam, still zitternd.

Als Dorothy aufblickte und sich das schmerzende Handgelenk hielt, bemerkte sie zwei weitere Frauen aus dem Weiler: Faith Jarvis und Hester Quill. Jarvis verschränkte die Arme und funkelte sie an; Quill biss sich auf die Lippe und blinzelte. Beide waren von Hopkins angeheuert worden, um ihm bei der Befragung zu helfen.

Dorothy war eine alte Frau, fast sechzig, die aus Obst und Gemüse aus ihrem Garten Marmeladen und Eingemachtes herstellte und auf dem Markt verkaufte. Ihr silbernes Haar war zu einem Dutt gebunden, an den Schläfen entkamen ein paar Strähnen. Ihr graues Kleid, schon unzählige Male geflickt, war verblasst und abgetragen. Sie hatte keine Zähne mehr.

Chapter Fifteen

Heugabeln im Morgengrauen

Kurz nach Sonnenaufgang am 5. September 1666 klopfte Abby dringend an Jacobs Zimmertür im Bull. Noch bevor er ganz wach war, trat sie ein.

„Wir müssen schnell fort", sagte sie, während sie die Fensterläden seines Zimmers aufriss. „Die Schwester meines Herrn schwebt in großer Gefahr."

Jacob schwang sich aus dem Bett und setzte sich auf, rieb sich mit der Hand die Augen gegen das Tageslicht, immer noch in den Kleidern der vergangenen Nacht.

„Mr Standish", sagte sie vorwurfsvoll. „Ihr schlaft vollständig angekleidet?"

„Mmm. Die Nächte sind kalt", murmelte er verschlafen, wünschte sich aber, noch weiterträumen zu dürfen. In seinem Traum war er Gestalten durch einen Wald unendlich hoher Bäume hinterhergejagt, stets ein paar Schritte zu spät, und nun würde er das Ende nie erfahren.

Als er schließlich die Schankstube betrat, schob Abby gerade den letzten Bissen von Brot und Käse in den Mund. Sonst saß der Hund des Wirts, Rusty, morgens stets neben dem Tisch und wartete auf einen Happen, doch heute war er nirgends zu sehen.

„Endlich!", rief Abby kauend, obwohl er sich gar nicht viel Zeit genommen hatte. „Wir müssen zu Paulina. Hatty sagt, die Dorfbewohner hätten sie vergangene Nacht überfallen."

Sie drückte ihm sein in ein Tuch geschlagenes Frühstück in die Hand und war schon zur Tür hinaus.

Die Inquisitoren näherten sich Paulinas Haus und waren überrascht, wie still alles war, als wäre nichts geschehen. Paulina eilte nicht heraus; keine Seele war zu sehen. Brampton schien das gewohnte ländliche Idyll.

Als Jacob anklopfte, antwortete niemand. Er spähte durchs Fenster und sah Paulina am Esstisch zusammengesunken, die Schultern bebten im Rhythmus ihrer Schluchzer.

Da die Tür nicht verschlossen war, trat er hastig ein, Abby folgte ihm.

„Mistress Pepys!", rief er mit vor Sorge erstickter Stimme. „Was ist hier geschehen?"

Paulina hob den Kopf. Ihre geröteten Augen waren geschwollen, die Wangen nass und erhitzt. Sie trug nur ein langes Leinenhemd ohne Nachtmantel und zitterte. Vor Kälte oder vor Angst, war nicht zu sagen.

„Oh, Mr Standish!", schluchzte sie und warf sich ihm entgegen, zu verzweifelt, um auf Etikette zu achten.

Jacob stand hölzern da, die Arme hingen schlaff herab, und er verzog das Gesicht. Erst als Abby sie sanft von ihm löste, ließ Paulina sich zurück auf den Stuhl führen.

Nach einer Weile fasste sie sich so weit, dass sie die Ereignisse der Nacht schildern konnte.

Lange nachdem das Haus zu Bett gegangen war, sei sie durch Tumult draußen geweckt worden. Als sie die Fensterläden geöffnet habe, bot sich ihr ein Bild, das ihr den Magen umdrehte.

Im flackernden Fackellicht standen zwei Dutzend Dorfbewohner unter ihrem Fenster, manche schwenkten Heugabeln, andere brennende Fackeln. „Ihre Gesichter waren verzerrt vor Wut", sagte sie. „Sie sahen aus wie Ungeheuer."

„Was riefen sie?", fragte Jacob.

Paulina weinte erneut, die Stimme brach, als sie sprach. „Sie nannten mich eine Hexe. Sie sagten, ich hätte Goddie Grimston verflucht und seinen Tod verschuldet. Dann begannen sie zu rufen ..." Ihre Stimme versagte, überwältigt, und sie brachte den Satz nicht zu Ende.

Abby dachte sich ihren Teil. Höchstwahrscheinlich, so vermutete sie, hatten sie gerufen: „Hängt die Hexe!"

Keine unschuldige Frau verdiente es, solcherart Schrecken erleiden zu müssen.

„Kanntet Ihr sie?", fragte Abby sanft.

Paulina hob den Blick zur Inquisitorin, die rohen, tränenden Augen flehend. „Ich kannte sie alle!"

Natürlich – Brampton war ein eng verbundenes Dorf. Allein die Geschwindigkeit des Klatsches sprach Bände.

Abby formulierte die Frage neu: „Wer aus dem Mob hat zuvor Anschuldigungen gegen Euch erhoben?"

Paulina atmete tief aus. „Grimstons Söhne waren da", flüsterte sie kaum hörbar.

„Wer war der Rädelsführer?", fragte Jacob.

Paulina stöhnte laut auf und vergrub den Kopf in den Armen. „Bulstrode Bennett, Sir!"

„Er überschreitet seine Befugnisse!", rief Jacob empört. „Die Aufgabe eines Richters ist es, für öffentliche Ordnung zu sorgen, nicht, einen Mob anzuführen, der eine wehrlose Frau terrorisiert."

„Ja, aber wir müssen vorsichtig sein", mahnte Abby. „Das Wort des Richters Bennett gilt in Brampton als Gesetz, und er hat Lord Fairfax' Ohr. Ein mächtiger und gefährlicher Gegner."

Jacob fragte Paulina: „Was veranlasste den Mob, sich zu zerstreuen?"

„Mein Vater wachte in seiner Kammer auf, alarmiert durch die Rufe. Obwohl er und meine Mutter beide krank sind, ging er hinaus, um sie zur Rede zu stellen."

Ihre Stimme stockte. „Schließlich konnte er sie zum Gehen bewegen. Sein Wort hat im Dorf immer noch Gewicht."

In diesem Moment erschien John Pepys selbst in der Tür. Er wirkte noch gebrechlicher als beim vorherigen Besuch der Inquisitoren, die Wangen bleicher, eingefallen, der Atem rasselnd. Abby eilte sofort zu ihm, nahm ihn sanft beim Arm und führte ihn zu einem Stuhl.

Nach einer Weile sammelte John die Kraft, die Szene im Kerzenschein wahrzunehmen. „Junges Abigail! Und Mr Standish!", krächzte er, als das Erkennen dämmerte. Der Anblick der beiden schien ihm sichtbar das Herz zu wärmen, als er sogar zu einem kleinen kleidsamen Scherz fand: „Ich sehe, wir tragen dasselbe Hemd, Jacob. Ihr werdet noch ein Pepys."

Abby warf Jacob einen vielsagenden Blick zu, den dieser geflissentlich ignorierte.

Die Inquisitoren waren beide bewegt, wie ein Mann in solch gebrechlichem Zustand sich dennoch aufgerafft hatte, um einen wütenden Mob zugunsten seiner Tochter zu konfrontieren. Es schnürte ihnen die Kehle zu.

„Vater, Ihr müsst Euch ausruhen", bat Paulina und streckte ihm über den Tisch hinweg die Hände entgegen. „Die Inquisitoren meines Bruders sind nun hier und werden sich dieser schrecklichen Sache annehmen."

Abby registrierte zufrieden, dass Paulina sie nun nicht mehr bloß als Hausmagd betrachtete. Doch eine brennende Frage lag ihr auf der Zunge, auch wenn sie zweimal überlegte, ehe sie sie stellte.

„Verzeiht ... ich weiß, Ihr habt viel erlitten ...", begann sie, fand aber keinen zarten Weg und fragte schließlich direkt:

„War Will Farlow in der Nacht von Goddies Tod hier?"

Paulina fuhr auf. „Ja, er war hier", antwortete sie und fügte entschlossen hinzu: „Wir wollen am Ende dieses Monats heiraten, und ich liebe ihn von Herzen."

„Hat er hier übernachtet? In diesem Haus?"

Paulina schnappte nach Luft und warf ihrem Vater einen entsetzten Blick zu. „Gütiger Himmel, nein!", rief sie aus. „Das wäre doch ..."

Abbys Unverfrorenheit schien Paulinas Vater zu neuem Leben zu erwecken.

„Ich würde so etwas niemals dulden!", rief er, ehe ihn ein heftiger Hustenanfall schüttelte.

Paulina schüttelte elend den Kopf und begann erneut zu weinen.

Chapter Sixteen

Der Magistrat & seine Frau

Was hat Euch nur geritten, so eine Frage zu stellen?",
fragte ein fassungsloser Jacob, als sie endlich draußen
waren. „Paulina hat schon so viel erduldet, warum fügt
Ihr ihr noch mehr Kummer zu?"

„Wenn wir gewissenhafte Inquisitoren sein wollen,
Jacob, müssen wir bereit sein, auch unbequeme Fragen zu
stellen", entgegnete sie. „Wir dürfen uns von der Politik
nicht den Weg zur Wahrheit verstellen lassen. Die Menschen werden uns belügen, und wir müssen erkennen,
wann. Will Farlow behauptete, in der Nacht von Goddies
Tod bei Paulina gelegen zu haben, doch sie und ihr Vater
bestreiten das vehement. Wenn er darüber log, kann man
ihm dann trauen?"

Jacob zögerte. „Dann ... ihr glaubt also, Will Farlow
hat Goddie getötet? Aus welchem Grund?"

„Ich habe im Moment nur Theorien, Jacob, keine
Schlussfolgerungen."

Er war gespannt, und sie kam seiner Erwartung nach, während sie weitergingen, vorbei an Rebecca Thackers Vorgarten.

Paulina Pepys' Hochzeit, so sagte sie, sei vorverlegt worden, nachdem die Hexereivorwürfe gegen sie laut geworden waren. Rebecca hatte es ihnen erzählt. Welches Schicksal ein Hexenprozess für Paulina auch bereithalte, sie schien entschlossen, ihm als verheiratete Frau zu begegnen.

Dass Farlow ein Schurke war, hatten sie aus erster Hand erlebt – eine Tatsache, für die Paulina blind zu sein schien. Rebecca hatte angedeutet, dass sein Interesse mehr dem Namen Pepys galt als Paulina selbst. „Was, wenn er erkannt hat, dass er den Einfluss der Pepys bewahren konnte, wenn er Paulina heiratete – um sich dann seiner Frau zu entledigen?", schlug Abby vor, sehr zu Jacobs Bestürzung.

Zwar spielten Goddies Anschuldigungen ihm in die Hände, doch Farlow wusste, dass eine Anklage wegen Hexerei Paulina womöglich nicht dauerhaft aus seinem Weg räumen würde. Goddies anschließender Mord hingegen könnte genau diesen Zweck erfüllen – war das Verbrechen doch mit dem Tod zu bestrafen.

„Dann hat Will Farlow Goddie Grimston ermordet!", platzte es aus Jacob heraus.

Verlegen sah er sich um, ob sein Ausbruch bemerkt worden war. Doch Brampton war still. Weiter vorne, auf dem Gelände der Kirche St Mary Magdalen, sahen die Inquisitoren eine kleine Gruppe versammelt. Die Kirchenglocke begann feierlich zu schlagen.

Abby legte den Finger auf die Lippen. „Bitte, Jacob, leiser. Es ist nur eine Theorie, die darauf beruht, dass Farlow ein Lügner ist. Ich vermute, auch andere gehen nicht gerade ehrlich mit der Wahrheit um."

Als sie sich der Ansammlung im Kirchhof näherten, erkannten sie ein paar Gesichter: einen oder zwei von den Grimston-Söhnen und deren Mutter Anne. Die Gruppe stand um einen schlichten hölzernen Sarg, die Köpfe gesenkt. Natürlich – es war Goddies Beerdigung, spärlich besucht, wie sie es erwartet hatten.

In der Hoffnung, nicht gesehen worden zu sein, duckten sich die Inquisitoren und rannten, bis sie von den uralten Eschen des Friedhofs vor Blicken geschützt waren. Sie schlugen sich zwischen Grabsteinen hindurch, tauchten hinter der Kirche wieder auf und gelangten zurück auf die Hauptstraße des Dorfes.

An einer Kreuzung bogen sie nach Norden ab, und bald schon erspähten sie Bulstrode Bennetts Haus, wie Barty Nettlewood ihnen beschrieben hatte. Es überragte alle strohgedeckten, eingeschossigen Arbeiterkaten ringsum. Aus rotem Backstein, drei Stockwerke hoch, war es einst von einem reichen Londoner Kaufmann als Landsitz erbaut worden.

Der Wirt hatte erzählt, Bennett habe das Anwesen, scharf darauf bedacht, seinen Reichtum und Rang zu demonstrieren, sofort gekauft, als der Kaufmann ins Ausland zog. Er liebte es, sich ans Fenster im dritten Stock zu stellen und den Vorübergehenden etwas zuzurufen. Manche hielten es für freundlich – die meisten wussten, dass es Angeberei war.

Als Abby und Jacob die Kiesauffahrt zu dem Haus hinuntergingen, ertönte plötzlich ein Ruf, in einer Stimme, die ihnen nur allzu vertraut war von den Abenden im Bull. „Ho, Ihr dort!"

Sie sahen sich um, um herauszufinden, woher er kam.

„Was wollt Ihr hier?", rief Bulstrode Bennett.

Sie entdeckten ihn, wie er ihnen von einem Stallgebäude hinter dem Anwesen entgegenhumpelte. In Büscheln wuchsen dort am Sockel der Stallwand – Jacob war sich sicher – weitere dieser tödlich schwarzen Beeren.

Zwei Bedienstete bereiteten gerade eine prunkvolle Kutsche für die Abfahrt vor. Während der eine die Pferde anband, polierte der andere den schwarz-goldenen Lack.

„Ho, Ihr dort!", wiederholte Bennett und fuchtelte wütend mit den Armen.

Die Inquisitoren tauschten panische Blicke – nicht, dass sie mit einem gnädigen Empfang gerechnet hätten.

Der Magistrat erreichte sie keuchend, sein eingefallenes Gesicht tiefrot angelaufen, obwohl er nur etwa dreißig Schritte gestapft war. Für einen Mann, dessen Amt Würde und Anstand verlangte, war seine Kleidung … ziemlich grell.

Bänder und Perlen hingen von seinen Kniehosen, sein Wams war in einem grellen Pfauenblau gefärbt. Auf seiner Brust prangte ein überdimensioniertes Medaillon mit einem Familienwappen: zwei Greifen, ein gefiederter Helm, Schild und die Waage der Gerechtigkeit. (Barty hatte sie vor der ostentativen Art des Magistrats gewarnt. Da seine Familie einst erfolgreiche Wollhändler gewesen war, hätte das Hauptmotiv auf dem Wappen eigentlich ein Schaf sein müssen, wie Barty ihnen vergnügt erzählt hatte. Bulstrode, so Barty weiter, habe sich seinen Posten als Magistrat durch politische Intrigen und schamlose Ränkespiele erschlichen.)

„Ich verlange, Eure Befugnis zur Untersuchung hier zu sehen!", rief Bennett aus. Er kniff ein Auge zusammen, während das andere grotesk hervorquoll, was sein Gesicht unausgeglichen wirken ließ. Er sah älter aus, als er war, und trug eine übertrieben prächtige Perücke.

Jacob richtete sich auf – deutlich größer als Bennett –, wohl wissend, dass der Umgang mit Überheblichkeit und Macht seine Aufgabe im Team war. „Sir, wir sind hier im Auftrag von Mr Samuel Pepys, Clerk of the Acts beim Navy Board und Bekannter Seiner Majestät König Karl selbst."

Das schien zu wirken. Bennett schrumpfte merklich, nicht gewohnt, herausgefordert zu werden – schon gar nicht von Angestellten eines königlichen Bekannten. Doch seine Arroganz kehrte rasch zurück. Schließlich war Brampton sein Herrschaftsgebiet.

„Muss ich mich wiederholen?", fragte er finster. „Wo ist Eure Befugnis?"

Jacob überbrückte die Stille, indem er in seiner Ledertasche kramte, wohl wissend, dass darin nichts als Käse lag.

Abby schaltete sich ein. „Mr Bennett…"

Der Magistrat brachte sie mit einem strengen Blick zum Schweigen. „Still, Dirne! Du hast kein Wort zu sagen! Ich bin hier der Magistrat, und du bist ein Dienstmädchen. Und doch maßt Ihr Euch an, diese gottlose Hexerei zu untersuchen! Der Einzige, der hier zu richten hat, ist der Hexenjäger Simon Hopkins, den ich ordnungsgemäß bestellt habe. Ihr zwei seid nichts als Scharlatane."

Jacob versuchte: „Mr Pepys…"

Doch erneut unterbrach ihn Bennett: „Woher soll ich wissen, dass Ihr tatsächlich im Auftrag dieses Mr Pepys handelt, wenn Ihr mir kein Beglaubigungsschreiben vorlegt? Vielleicht habt Ihr den Herrn aus dünner Luft erfunden." Bennett grinste süffisant, ganz in seinem Element.

Pepys hatte den Inquisitoren erzählt, dass er den Magistrat kenne – ihn als „einen unanständigen Narren" bezeichnet –, sodass es ziemlich sicher war, dass Bennett log. Doch was konnten sie tun?

Während er an einer baumelnden Perle zupfte, fuhr der Magistrat fort: „In der Tat reise ich sogleich nach Huntingdon, um von Sir Edward Mallory einen Kaperbrief zu erhalten, der mir gestattet, jeden festzusetzen, der die Gerechtigkeit behindert. Solltet Ihr Brampton nicht bis morgen bei Sonnenuntergang verlassen haben, werde ich Euch ins Gefängnis werfen lassen."

Damit drehte er sich auf seinem teuren Absatz um und kehrte zu seiner wartenden Kutsche zurück.

„Er möchte uns offenbar unbedingt loswerden", bemerkte Abby trocken.

Jacob konnte seine Drohung nicht so gelassen hinnehmen. „Was sollen wir tun?", fragte er durch zusammengebissene Zähne. „Mr Pepys wird mir das nie verzeihen. Und was wird aus seiner Schwester?"

„Was wir tun werden, Mr Standish, ist, mit Helen Bennett zu sprechen."

Jacob machte große Augen. „Sprechen? Mit der Frau des Magistrats? Aber das würde ihn nur noch mehr erzürnen!"

„Genau", sagte Abigail und grinste breit.

Jacobs Miene verdüsterte sich. „Dann fürchte ich, wir spielen mit dem Feuer."

Ein Diener führte die Inquisitoren in einen prunk-vollen, hochdekorierten Salon, so überladen wie die Klei-dung ihres Gatten: ein fein graviertes Cembalo, vergold-ete Spiegel, bodenlange, scharlachrote Vorhänge und aufwendige Fresken mit Göttern, Engeln und ... tat-sächlich: Bulstrode Bennett selbst, hoch zu Ross auf einem geflügelten Einhorn. Die Möbel waren reich verzierte, gepolsterte Eichenstücke. In einem riesigen Kamin loderten Scheite.

Helen Bennett, Anfang fünfzig, saß in einem vergold-eten Lehnstuhl, der ebenso gut als Thron hätte durchge-hen können. Ein Diener fächerte ihr mit exotischen Fed-ern Luft zu, während eine Zofe ihre aufwendige Frisur zurechtzupfte. Als sie Abby und Jacob bemerkte, entließ sie beide Diener mit einem Wink, woraufhin diese sich wie Schatten zurückzogen.

„Ich dachte, mein Mann hätte euch schon verjagt", sagte sie, und betrachtete sie über ihre Nase hinweg.

Jacob verbeugte sich und begann eine Entschuldigung zu stammeln, die sie mit einer wegwerfenden Geste un-terbrach.

„Gut so", sagte sie. „Der Mann ist ein Tyrann und ein Rüpel."

Abby konnte sich ein Schmunzeln nicht verkneifen; Jacob hingegen wirkte nur verwirrt.

„Kommt", sagte Helen und deutete auf einen Fußschemel. „Setzt euch."

Die Inquisitoren blickten unschlüssig auf den Schemel; beide hätten nicht darauf Platz gefunden.

„Ich bleibe gern stehen", sagte Jacob hochtrabend und bot Abby den Schemel an.

Beide hatten sofort einen markanten Duft wahrgenommen – Sandelholz und Minze –, der so kräftig war, dass er das Aroma von brennendem Holz und Leder im Raum überlagerte.

„Mistress Bennett", begann Jacob, „ich kann nicht umhin zu bemerken …"

„… die Eleganz der Einrichtung?", fiel sie ihm ins Wort. „Der Stil ist ganz meiner, das versichere ich euch."

Jacob rückte seine Perücke zurecht. „Euer Geschmack ist in der Tat vortrefflich, Mistress Bennett, doch ich meinte euren Duft, der … ebenfalls vortrefflich ist."

„Es ist Bulstrodes Lieblingsduft", erklärte sie. „Ich trage ihn allein deshalb, weil er nur diesen zu kaufen pflegt. Leider hat mein Mann den Geschmack eines Hofschweins."

Abby wagte es, eine Vermutung zu äußern. „Mistress Bennett, es scheint, als …"

„… ob wir uns nicht leiden könnten?", fiel sie ihr ins Wort. „Nein, das tun wir nicht! Freche junge Dirne."

Abby senkte den Blick. „Ich versichere euch, das war nicht …"

Helen wischte die Bemerkung weg, hob eine Kette von ihrem Hals und ließ sie glitzern und funkeln. „Ich frage euch: Wie viele Diamanten und Saphire besitzt ihr?"

„Keine", antwortete Jacob pflichtschuldig.

Helen schnalzte mit der Zunge. „Das dachte ich mir schon, ihr Dummkopf. Mein Punkt ist: Was seid ihr bereit zu ertragen im Tausch gegen Prunk und Luxus? Unsere Tage sind gezählt. So will es Gott. Und bei gewissen Herren, so beten wir, möge die Zahl gnädig klein sein."

Jacob war wie vor den Kopf gestoßen. Wünschte sie ihrem Mann ... den Tod?

Abby rutschte unbehaglich auf dem kleinen Schemel herum. „Mistress Bennett, darf ich fragen ...?"

„Nein."

„... was ihr von diesem Gerede über Hexerei und den Tod Goddie Grimstons haltet?"

„Oh!", kreischte die Frau, fächelte sich Luft zu, als wolle sie ohnmächtig werden. „Nennt diesen abscheulichen Schleimer nicht in diesem Haus! Den Ruf einer Dame zu beschmutzen! Gut, dass der Schelm dahin ist, sage ich."

Jacob fand endlich seine Stimme wieder. „Ein Schelm hat euren Ruf beschmutzt?"

„Schluss jetzt mit diesem unverschämten Gerede!", rief Helen. „Ich will seinen Namen nicht in diesem Haus hören!"

Theatralisch taumelnd erhob sie sich, kreischte nach ihrem Diener: „Benjamin! Benjamin!" Als dieser erschien, befahl sie: „Führ die Besucher hinaus! Sie bringen nichts als pestilente Luft! Ich muss mich niederlegen!"

Chapter Seventeen

Ein neuer Fluch

A bby und Jacob machten sich wieder in Richtung Kirche auf, in der Absicht, sich im Bull etwas zu erfrischen. Sie waren sich sicher – oder hofften es zumindest inständig –, dass Goddies Beerdigung inzwischen vorüber war.

„Wir müssen herausfinden, in welcher Weise Goddie Grimston Helen Bennett Unrecht getan hat", sagte Abby.

„Ja", erwiderte Jacob, „ich ..." Ein heftiger Hustenanfall ließ ihn mitten im Satz innehalten.

Abby klopfte ihm auf den Rücken. „Du siehst erschöpft aus, Jacob", meinte sie, als er sich wieder gefasst hatte. „Vielleicht sollten wir uns am Nachmittag etwas ausruhen? Wir haben viel erreicht in so kurzer Zeit."

Doch er wollte davon nichts hören. „Unsinn! Simon Hopkins könnte jeden Moment in Brampton eintreffen. Wir müssen Paulinas Namen schnellstmöglich reinwaschen."

In diesem Moment hörten sie aus der Ferne eine Frauenstimme, die dringend rief: „Mr Standish!"

Vor ihnen tauchte Paulina Pepys auf, die aus dem Kirchhof kam und ihnen entgegenlief. Ihr Gesicht wirkte von Sorge gezeichnet.

Atemlos erzählte Paulina, wie Rebecca Thacker vor zwei Nächten in ihr Haus gestürmt war und verlangte, mit ihrem Vater zu sprechen. Ein Streit sei entbrannt wegen einer angeblichen Überzahlung für Kleidungsstücke, die er in Auftrag gegeben hatte. Paulina habe keine Ahnung, woher diese Anspielung kam, sagte sie (und Jacob war klug genug, es ihr nicht zu verraten).

Ihre Freundin habe harte Worte gegen ihren Vater gerichtet, und schließlich habe sie ihm und seiner Familie eine Pockenplage an den Hals gewünscht. „Sie war wütend und meinte es nicht ernst", erklärte Paulina.

Dann fuhr sie fort, sichtlich bemüht, Fassung zu bewahren: „Heute Morgen, nachdem ihr fort wart, ist mein Vater schwer krank geworden. Ich habe ihm geholfen, sich auszuziehen und ihn zu Bett gebracht. Meine Mutter war seit den schrecklichen Vorfällen der letzten Nacht ebenfalls nicht mehr aufgestanden. Trotz aller meiner Bemühungen mit Kräutern konnte ich nichts für sie tun.

„Mein Vater ist stur und weigert sich, einen Arzt zu sehen. Ich fürchte ernsthaft um sein Leben … Es blieb mir keine Wahl. Ich habe Archibald Bramwell aufgesucht und ihn angefleht, zu kommen, entgegen des Willens meines Vaters." Mit diesen Worten brach sie in Schluchzen aus.

Abby spürte, wie sie sich über die Tränenanfälligkeit der Schwester ihres Herrn zu ärgern begann. Sie hatte gelernt, dass es sich auszahlt, stark zu bleiben.

Schließlich konnte Paulina weitersprechen. „Der Arzt sprach mit meiner Mutter, und dabei wurde der Streit mit Rebecca erwähnt. Meine Mutter fing an zu sagen, sie sei von einer Hexe verflucht, und beharrte darauf, dass Rebeccas Hexerei sie ans Bett gefesselt und ihre Seelen verdorben habe."

„Sind deine Eltern nicht schon länger krank?", fragte Jacob.

„Ja", antwortete Paulina, „aber erst heute sind sie bettlägerig."

„Vielleicht hat deine Mutter Rebecca die Hexerei angelastet, in der Hoffnung, damit den Verdacht von dir abzulenken?", schlug Abby vor und überlegte, ob familiäre Loyalität diesen Ausbruch erklären könnte.

„Nein!", rief Paulina klagend. „Sie sind Freundinnen! Meine Mutter war im Delirium! Sie wusste nicht, was sie sagte!"

Jacob legte ihr tröstend die Hand auf die Schulter, was sie beruhigte. „Dann müssen wir dafür sorgen, dass sich das nicht weiter herumspricht", sagte er.

Paulina ließ den Kopf hängen. „Wir sind zu spät, Mr Standish. Da Bramwell im Dienst des Ravenscourt-Anwesens steht, sagte er mir, er sei verpflichtet, jede Hexereibeschuldigung dem örtlichen Magistrat zu melden."

„Bulstrode Bennett!", riefen die Inquisitoren wie aus einem Mund.

Die drei kehrten zum Haus der Pepys zurück. Gemeinsam schmiedeten sie einen Plan, und Paulinas Miene hellte sich etwas auf.

Sie würden John und Margaret in die Obhut einer vertrauten Freundin geben – nicht Rebecca Thacker, aus offensichtlichen Gründen – und zusammen nach Huntingdon gehen. Dort wollten sie Sir Edward Mallory aufsuchen, den Bennett als höheren Rechtsgelehrten erwähnt hatte, um bei ihm auf Vernunft zu hoffen.

Wenn Bennetts Vorgesetzter nicht denselben fanatischen Glauben an Hexerei hegte, könnte er ein mächtiger Verbündeter sein. (In Wahrheit war Abby, die die politischen Winkelzüge der Freunde ihres Herrn gut kannte, skeptisch. Sie hielt solche Männer für anfällig gegenüber der öffentlichen Meinung, wenn es galt, ihre Macht zu sichern. Doch sie ließ es sich nicht anmerken.)

Als sie das Haus der Pepys verließen, prüfte Jacob den Boden vor der Tür. „Kein Püppchen", bemerkte er. „Und doch behaupten sie, Rebeccas Hexerei sei am Werk."

Chapter Eighteen

Hopkins verhört

*D*ie Prüfungen auf Hexerei waren einfach und wirkungsvoll – so, wie sie Simons Vater unzählige Male durchgeführt hatte. Die erste bestand darin, die Körper der angeklagten Frauen nach Hexenmalen abzusuchen: oft einem Zitzenansatz ähnelnd, doch konnte auch jede Verfärbung oder Hautunregelmäßigkeit Verdacht erregen. Über diese Male, so glaubte man, säugten Hexen ihre dämonischen Vertrauten, nachdem sie einen Bund mit dem Teufel selbst geschlossen hatten, um ihm zu dienen und Gott und Jesus Christus zu verleugnen.

Das Hexereigesetz von 1541 war das erste Gesetz, das Strafen – bis hin zur Hinrichtung und dem Verfall des Besitzes – für das Ausüben von Hexerei vorsah. Er trat während der Herrschaft Heinrichs VIII. in Kraft und verbot jedermann:

„… Sprites zu beschwören oder zu rufen, Hexereien, Verzauberungen oder Zaubereien auszuüben, zu ersinnen oder zu veranlassen, um Geld oder Schätze zu finden, um Personen zu schädigen, zu verzehren oder zu vernichten, um jemandem ungesetzliche Liebe einzuflößen oder zu sonst einem ungesetzlichen Zweck …"

Sechs Jahre später wurde er aufgehoben, jedoch unter Elisabeth I. als Hexereigesetz gegen Beschwörungen, Verzauberungen und Hexereien von 1562 wieder eingeführt. Unter Jakob I. wurde das Gesetz 1603 noch ausgeweitet und entzog selbst Geistlichen die Hoffnung, vor einem nachsichtigeren kirchlichen Gericht zu stehen. (Obwohl Hexen überwiegend Frauen waren, war rund ein Zehntel der Hingerichteten männlich.)

Dieses Hexereigesetz gegen Beschwörung, Hexerei und den Umgang mit bösen und verderbten Geistern von 1603 war es, das sowohl Matthew Hopkins als auch später seinen Sohn ermächtigte.

So reagierte Hopkins mit Wut, als Faith Jarvis und Hester Quill ihn im Blacksmith's Inn aufsuchten und ihm mit stockender Stimme berichteten, dass sie an den Körpern der drei angeklagten Hexen keine verdächtigen Male gefunden hätten.

Jarvis setzte an: „An Sarah Sawyer fanden wir eine Stelle, in der Gegend von …"

Doch Quill fiel ihr ins Wort. „Das war nur ein Muttermal, Sir. Darauf schwör ich."

„Der Teufel selbst arbeitet mit diesen Hexen zusammen, um ihre Bosheit zu verbergen!", donnerte Hopkins und schleuderte seinen Hut gegen die Wand. Dann beruhigte er sich, winkte die

beiden Frauen näher zu sich und sprach mit verschwörerischem Ton: „Doch sie werden der Gerechtigkeit nicht entkommen, denn Gott steht auf unserer Seite. Wir werden sie diese Nacht beobachten. Und die nächste Nacht. Und so viele Nächte, wie es nötig ist. Wir werden sehen, wie die Hexen ihre Vertrauten herbeirufen, und dann werden sie gestehen."

So begann die zweite Prüfung: das Beobachten. Es war ein mühsames Unterfangen, in der Hoffnung zu erleben, wie die Frauen ihre Vertrauten beschworen, was sie der Hexerei überführen würde. Doch Hopkins war von seinem Erfolg überzeugt.

Nur kamen keine Imps.

Faith Jarvis nickte als Erste ein, kurz nach Mitternacht auf einem Stuhl im Dorfhaus sitzend, während Hopkins unruhig im Raum umherging. Als schließlich der Kopf der alten Angeklagten Dorothy Kipling auf ihre Brust sank, stürzte er wütend zu der armen Frau und rüttelte heftig an ihrem Stuhl.

„Nein, Hexe! Du sollst nicht schlafen!", fuhr er sie an.

„Sir", flehte sie mit ihren zahnlosen, eingefallenen Lippen, „warum schlagt Ihr mich? Ich bin nur eine alte Frau, die kein Unheil getan hat."

„Du bist eine Hexe!", schrie er. „Rufe deinen Vertrauten herbei, den Dämon Pluck, und wir sind hier fertig."

Sie schüttelte nur jämmerlich den Kopf. „Ich habe keinen Vertrauten, shir."

So ging es weiter, wie Hopkins es vorausgesehen hatte, drei Tage und drei Nächte lang. Jarvis und Quill ruhten abwechselnd, während Hopkins, angetrieben von rechtschaffenem Eifer, kaum schlief, sich nur hier und da eine Stunde gönnte und seine Wächter anwies, keine Hexe schlafen zu lassen.

Die angeklagten Frauen wurden immer wieder im Kreis durch den Raum geführt, schlurften wie Schlafwandler dahin. Einmal wagte Quill, um Gnade für die Frauen zu bitten, doch Hopkins drohte ihr, ihren Lohn zu kürzen, und sie schwieg.

Dorothy Kipling sowie Prudence und Sarah Sawyer wurden bleich, die Augen blutunterlaufen, fiebrig, schrien auf, flehten, man möge sie freilassen, oder beteuerten ihre Unschuld. Einmal begann Prudence hysterisch zu lachen, was der Hexenjäger zornig abstellte. Doch keine Vertrauten erschienen.

In der dritten Nacht griff Hopkins zu einer neuen Taktik: Er nahm jede Frau einzeln in einen Nebenraum und verhörte sie unter vier Augen. Faith Jarvis begleitete ihn als Zeugin und schrieb mit (da Hester Quill weder lesen noch schreiben konnte).

Und dann erzielte er seinen Durchbruch.

Als er zurück in den Saal kam, folgte ihm Prudence Sawyer, den Kopf gesenkt, leichenblass. Ihre Mutter blickte nur leer vor sich hin. Dorothy Kipling war eingenickt.

Hopkins, der nun selbst wie ein Dämon wirkte, pflanzte seine Stiefel auf den Boden, schlug seinen Stab auf und weckte Kipling damit auf.

„Das Mädchen hat die Hexerei gestanden!", verkündete er.

Quill schnappte nach Luft. Sarah Sawyer und Dorothy Kipling reagierten nicht mehr. Ihre Sinne waren erfüllt von Stimmen des Schmerzes, ihre Augen sahen nur noch verschwommen.

Nachdem er seine beiden Wächterinnen mit je drei Schilling entlohnt hatte, schloss Hopkins die verurteilten Frauen im Saal ein, und endlich – selig – durften sie schlafen.

Prudence hatte ihm gestanden, sie habe Henry Draytons Frau Lucy verflucht. Sie habe ihren Vertrauten, Dainty, geschickt, um die Milch zu vergiften, die ihrer Mutter verweigert worden war. Und als Lucy starb, hätten sie sich sehr gefreut und einen Sabbat gefeiert, bei dem ihre Vertrauten Prickears, Dainty und Pluck zugegen gewesen seien.

Hopkins war gewissenhaft in seinem Werk. Er wusste nur zu gut, dass viele der göttlichen Gerechtigkeit entkommen waren – durch Mangel an Beweisen oder durch Zweifel an den Methoden, mit denen diese Beweise erlangt worden waren. Er würde nichts dem Zufall überlassen.

„Wurdet Ihr bei dieser Hexerei von Dorothy Kipling unterstützt?", fragte er Prudence.

„Ja", antwortete sie.

„Und von eurer Mutter, Sarah Sawyer?"

„Ja", antwortete sie.

Mit diesem Wort hatte die arme Prudence vielleicht gerade die Mutter, die sie von Herzen liebte, dem Tod geweiht.

Chapter Nineteen

Nach Huntingdon

Paulina zögerte, ihre Eltern zurückzulassen, selbst in der Obhut ihrer guten Freundin Mabel Fenwick. Als erfahrene Hebamme kannte sich Mabel bestens mit der Pflege Kranker aus, doch Paulina fürchtete, ihre Eltern seien so schwer erkrankt, dass sie nicht einmal ihre kurze Abwesenheit überlebten.

Mabel, die dies spürte, beruhigte sie. „Der Spaziergang wird dir guttun", sagte sie. „„Es tut dir nicht gut, den ganzen Tag bei den Kranken im Haus zu bleiben. John und Margaret sind bei mir in guten Händen, mach dir keine Sorgen."

Die Stimmung blieb gedämpft, als sie die Nun's Bridge überquerten und in die George Street einbogen, mit dem weitläufigen Anwesen der Fairfaxes zu ihrer Linken. Weit voraus war ein Reiter zu sehen, der ebenfalls Richtung Huntingdon unterwegs war.

Es war später Vormittag, und das Wetter meinte es gut: wolkenloser Himmel und eine wärmende Sonne.

Für die Inquisitoren war Huntingdonshire eine Oase der Lebenskraft, und hinter jeder Biegung öffnete sich ein neues Bild üppiger, grüner Pracht.

Für Paulina hingegen war es ein Gefängnis, wenn auch ein reizvolles; sie vermisste die Stadt und ihre Kultur. Auch sie war in London aufgewachsen, das zehnte von John und Margarets elf Kindern. Tatsächlich war sie bereits die zweite Tochter der Pepys, die den Namen Paulina trug; ihre jüngere Namensvetterin war tragischerweise mit nur vier Jahren gestorben, sodass sie einander nie kennenlernten.

Ihr Leben war ein Leben des Dienens. Als ihr älterer Bruder Samuel sie eingeladen hatte, bei ihm und seiner Frau Elizabeth in der Seething Lane zu leben, war das nicht als Gast, sondern als Dienstmagd seiner Frau gedacht. Er hatte sie sogar beschuldigt, Elizabeth eine Schere und seiner eigenen Magd ein Buch gestohlen zu haben. Mit ihnen zu speisen war ihr nicht gestattet, und bald machte Samuel ihr unmissverständlich klar, dass er ihrer Gegenwart überdrüssig geworden war.

Als die Bramptoner Hütte frei wurde, schickte er sie dorthin, um die alten Eltern vor Ort zu versorgen. Nicht das, was sie sich für ihre Zukunft erträumt hatte.

Mehr als alles andere sehnte sie sich nach einem Ehemann, der sie aus diesem tristen Dasein befreien, ihr Unabhängigkeit schenken und sie um ihrer selbst willen lieben würde. Samuel hatte sich viel zu oft in ihre

Herzensangelegenheiten eingemischt und ihr schlechte Partien vorgeschlagen. Sie erinnerte sich an den Polsterer Philip Harman und an Benjamin Gauden, Sohn eines Navy-Viktualienhändlers, beide aus London. Keiner von ihnen war geeignet gewesen.

Erst im vergangenen März hatten Samuel und ihr Vater sie mit dem Bramptoner Landbesitzer Robert Endsum zu verkuppeln versucht, den sie jedoch für einen ungehobelten Trunkenbold hielt. Als sie Samuel dies sagte, hatte ihn das nur noch mehr in dem Vorhaben bestärkt! Zum Glück war Endsum inzwischen verstorben.

Paulina verabscheute die herrische Art ihres Bruders, und er wiederum ihre Widerspenstigkeit. Er schien ebenso schlecht von ihr zu denken, wie sie selbst von sich überzeugt war.

„Gefällt es dir hier in Brampton?", fragte Abby und blieb kurz stehen, um eine grasende Kuh zu streicheln.

„Sehr", antwortete Paulina, bevor sie wieder ihren Grübeleien nachhing.

Während sie weitergingen, unterhielten sich die Inquisitoren, und Abby erzählte einige der lokalen Geschichten, die sie von ihrem Herrn gelernt hatte. Oliver Cromwell, der England bis 1658 mit religiösem Eifer regierte, sei in Huntingdon geboren worden, erklärte sie. Dort habe er Truppen gesammelt, um mit seiner

New Model Army auf Seiten des Parlaments gegen die royalistischen Truppen von König Karl I. zu kämpfen.

Cromwells eiserne Hand war beiden noch lebhaft in Erinnerung, auch wenn sie während dieser unruhigen Jahre noch Kinder gewesen waren. Das Leben jedes englischen Bürgers war vom selbsternannten Lordprotektor geprägt worden, nirgends mehr als in London, wo Soldaten patrouillierten und strenge Regeln galten.

Als Puritaner, das wussten sie, war Cromwell überzeugt, dass das Leben rein und streng nach der Bibel zu führen sei. Vergnügungen ohne Frömmigkeit galten als sündhaft. Gasthäuser und Theater wurden geschlossen, viele Sportarten verboten (auch wenn Oliver selbst es schaffte, dem Bowling zu frönen … und ein uneheliches Kind zu zeugen).

Der Sonntag war zu einem Tag der Kirche, der Ruhe und der religiösen Besinnung geworden; Jacob erinnerte sich daran, wie Soldaten ihn einst gejagt hatten, nur weil er das „Verbrechen" begangen hatte, Fußball zu spielen. Fluchen wurde mit einer Geldstrafe geahndet, bei wiederholtem Fluchen drohte sogar Haft. Schminke war verboten, und sie hatten gesehen, wie Soldaten Frauen auf offener Straße das Gesicht schrubben ließen. Kleidung wurde insgesamt schlicht und gedämpft.

Weihnachten, das sich zu einem fröhlichen Festtag mit Schmaus und Geselligkeit entwickelt hatte, wurde auf seine religiöse Bedeutung zurückgeführt: die Feier der

Geburt Jesu Christi. Schmuck und Dekorationen wurden verboten, und Soldaten drangen in Häuser ein, aus denen der Duft von bratender Gans drang, um das Festessen zu beschlagnahmen.

Master Pepys hatte Abby einmal anvertraut, dass er ein glühender Befürworter der Republik unter dem Lordprotektor gewesen war – und dass er, als dessen Nachfolger Karl II. 1660 den Thron bestieg, seine Loyalität flugs der Monarchie zuwandte. Ihr Master Pepys verstand es eben, stets auf das richtige Pferd zu setzen – dessen war sich Abby sehr bewusst.

Hinter landwirtschaftlichen Feldern, gesäumt von Reihen kleiner Häuser, erreichte das Trio schließlich Huntingdon. Sie kamen an einem großen, umzäunten Kegelplatz vorbei. Abby musste einen übermütigen Jacob davon abhalten, dort kurz für eine Partie zu verweilen, und erinnerte ihn an ihre Pflicht gegenüber ihrem Herrn.

Er begann, sich selbst zu tadeln, doch seine Stimme versagte, und er bekam einen heftigen Hustenanfall. Abby war nicht entgangen, dass sein Husten sich verschlimmerte, und sie sprach ihn darauf an. Er wischte ihre Sorge jedoch beiseite.

Die George Street führte sie ins Herz der Stadt, vorbei am George Inn und der Kirche All Saints, in Richtung Marktplatz an der Hauptstraße. Paulina wusste, dass ihr

Bruder die Free Grammar School besucht hatte – eine Bildung, die ihr verwehrt geblieben war –, und dass Oliver Cromwell vor ihm dort gelernt hatte.

„Wohin sollen wir?", fragte Jacob, als sie den belebten Markt erreichten, auf dem Händler lautstark ihre Waren anpriesen und Kinder umhertollten. Ein Straßenmusikant spielte auf der Laute die damals beliebte Melodie *Flow My Tears* und sang dazu:

Fließt, meine Tränen, aus euren Quellen!
Auf ewig verbannt, lasst mich trauern;
Wo des Nachts der schwarze Vogel sein trauriges Schicksal besingt,
dort will ich verlassen leben.

Paulina und die Inquisitoren beschlossen, in einem Gasthaus nach dem Arbeitsplatz von Sir Edward Mallory zu fragen und dort gleich zu Mittag zu essen. Abby und Jacob merkten mehr und mehr, dass das Leben eines Inquisitors oft auch darin bestand, einen leeren Magen zu besänftigen.

So gingen sie zurück zum George, einem großen Postgasthof mit Innenhof, den sie über einen mit Balken verstärkten Gang betraten. Vor ihnen führte eine Außentreppe hinauf und einmal um die obere Etage mit den Gästezimmern.

Als sie die Schankstube betraten, waren sie ebenso überrascht, Anne Grimston anzutreffen, wie diese über ihren Anblick. Der unerwartete Aufeinandertreffen lenkte sie so ab, dass der sonst so wachsame Jacob nicht bemerkte, wie Will Farlow hastig durch eine Hintertür verschwand und eine verdutzte junge Frau an seinem Tisch zurückließ.

„Meine Güte!", rief Anne, als sie aufstand. Ein Sonnenstrahl beleuchtete ihren Humpen. „Ihr zwei! Und die junge Mistress Pepys! Was verschlägt euch hierher?"

Man tauschte Geschichten aus. Anne, ihrerseits, berichtete vom traurigen Nachspiel des Todes ihres Mannes. Obwohl Goddie ein erfolgreicher Bauer gewesen war, sogar imstande, eigenes Land zu kaufen, sei er als Ehemann und Vater nutzlos gewesen, sagte sie. „Der Klotz hat all unser Geld versoffen."

Der Pfarrer, der an diesem Morgen den Gottesdienst für Goddies Beerdigung gehalten hatte, habe ihr geraten, so bald wie möglich einen Rechtsgelehrten aufzusuchen, um ihre „Witwenrechte" zu besprechen. Von so etwas habe sie noch nie gehört, erzählte sie, und der Advokat, den sie gerade deshalb aufgesucht habe, habe sie nur noch mehr verwirrt.

Anne öffnete ihre Tasche und gewährte ihnen einen Blick auf einen Stapel dicker Dokumente. „Davon wird mir ganz schwindlig", sagte sie und machte dazu eine kreisende Handbewegung.

„Euer Mann hat kein Testament hinterlassen?", fragte Jacob.

„Testament?", kreischte Anne. „Alles, was er mir hinterlassen hat, war sein kalter, toter Körper. Und der liegt jetzt unter der Erde." Sie bekreuzigte sich. „Der Herr erbarme sich seiner nichtsnutzigen Seele."

Sie waren froh, als Anne Grimston sich verabschiedete, denn niemand mochte ihr unablässiges Geplapper. Jacob bestellte sich eine Aalpastete, und die kräftige Mahlzeit hob die Stimmung. Paulina warf ihm immer wieder verstohlene Blicke zu, nur um sie hastig wieder abzuwenden, wie er bemerkte. Er fragte sich, ob sie etwas auf dem Herzen hatte.

Abby fragte Paulina nach Helen Bennett und dem großen Unrecht, das Goddie Grimston ihr angetan hatte.

„Das weiß doch das ganze Dorf", antwortete Paulina, während sie sich einen Aalgräten zwischen den Zähnen hervorzog.

Natürlich!, dachten die Inquisitoren.

Jeden Herbst, so erklärte Paulina, fand auf dem Dorfanger das Brampton Erntefest statt. Musik, Tanz, Stände mit Handwerk und Speisen, Sackhüpfen, Bogenschießen... ein Fest des Dorflebens und des reichen Ernteertrags.

Ein Künstler aus Huntingdon hatte einen Stand gemietet, an dem er seine Landschaftsbilder verkaufte;

außerdem fertigte er gegen Bezahlung Porträtskizzen von Leuten an, die für ihn Modell saßen. Helen Bennett war eine davon, wie Paulina sich erinnerte. Als das Bild fertig war und Helen es bewunderte, erschien der betrunkene Goddie Grimston, torkelnd.

„Goddie zeichnete seine eigene Karikatur von Helen und hielt sie ihr unter die Nase", berichtete Paulina. „Sie hasste es! Er hatte sie wie eine Kröte dargestellt. Ihr Gekreisch zog eine ganze Menge an, was sie nur noch wütender machte. Dann erschien Bulstrode, packte Goddie am Kragen und zog ihn weg. Helen beruhigte sich nur sehr langsam, schimpfte und tobte, dass sie ihn vor Gericht bringen werde, um ihren guten Ruf wiederherzustellen."

„Doch aus ihren Drohungen wurde nichts. Könnt ihr euch vorstellen, wie Goddies Karikatur vor Gericht als Beweismittel hochgehalten wird?" Paulina kicherte – ein seltener, heller Moment in diesen schweren Zeiten für die Pepyses von Brampton.

Als es am Tisch still wurde, hielt Paulina Jacob den Blick und sagte leise: „Da ist noch etwas …"

Er legte ihr die Hand auf den Arm. „Sprecht, teure Dame. Ihr wisst, dass jedes Geheimnis bei uns sicher ist."

Abby nickte zustimmend.

Paulina blinzelte und senkte den Blick. „Ich habe euch vor meinem Vater belogen. Ich hatte sehr wohl Umgang mit Will Farlow in der Nacht von Goddies Tod."

Jacob schlug frustriert mit der Hand auf den Tisch, während Abby ruhig blieb.

„Ich konnte es vor meinem Vater nicht zugeben …" Paulina stockte. „Er hätte …" Sie verstummte.

Jacob fragte: „Wie gelangte er in eure Kammer, ohne dass euer Vater es merkte?"

„Ich stelle ihm eine Leiter ans Haus und lasse mein Fenster offen. Das Gehör meiner Eltern ist schlecht, und in ihrem geschwächten Zustand bemerken sie es nicht. Will geht vor Sonnenaufgang wieder."

Jacob presste die Lippen zusammen. *Nur weil Will Farlow eine unbequeme Wahrheit gesagt hatte, machte ihn das noch lange nicht vertrauenswürdig*, dachte er.

Abby nahm ihren Zettel mit Verdächtigen zur Hand und strich Farlows Namen durch.

Der Wirt des George kannte Sir Edward Mallory und wies ihnen den Weg zum Büro des Senior Magistrats im Rathaus.

Sie fanden das steinerne Gebäude am Marktplatz. Im Inneren war die Halle hell erleuchtet, der Boden aus glattgetretenen Steinplatten. Holzbalken stützten das Dach, und am Ende des Saals stand ein unbesetztes Podium mit hochlehnigen Stühlen und einem Tisch, offenbar für öffentliche Verhandlungen vorgesehen.

Der Raum war geschäftig; Schreiber, Advokaten, Händler und Bürger liefen umher, Stimmen hallten wider und vermittelten ein Gefühl von Wichtigkeit.

Inmitten der Türen, die rings um den Saal angeordnet waren, fand Jacob schließlich die mit folgendem Schild:

Sir Edward Mallory
Senior Magistrat des Countys Huntingdonshire

Abby wünschte sich in diesem Moment, ihr Meister wäre dabei. Ein so mächtiger Mann machte ihr durchaus Eindruck.

Drinnen hörte sich ein Schreiber Jacobs nervösen Bericht an, bat sie dann, zu warten, während er mit Sir Edward Rücksprache hielt, und verschwand in ein Nebenzimmer.

Jacobs Augen wanderten unruhig durch den Raum, nahmen die Reihen juristischer Bände, gerahmte Urkunden und Bekanntmachungen lokaler Verwaltung in sich auf. „Werdet Ihr mit Sir Edward sprechen?", fragte er Abby.

„Nein!", zischte sie zurück. „Wie könnte ich …"

Eine Tür quietschte, und Abby verstummte. Das Trio wartete steif, bis der Schreiber zurückkam.

„Sir Edward hat sich gnädig bereit erklärt, euch zu empfangen", sagte er. „Ich bitte euch, das zu würdigen und ihn nicht lange aufzuhalten."

Abby bemerkte, dass Jacobs Hände zitterten.

Die Wände von Sir Edward Mallorys Büro waren bedeckt mit imposanten, vergoldeten Porträts von Männern in Roben und Perücken. Eines zeigte unübersehbar Sir Edward selbst, mit strengem, gebieterischem Blick. Die anderen – zweifellos seine Vorgänger – waren nicht minder einschüchternd. Ihre Augen schienen die Besucher zu durchbohren und ihr Erscheinen stumm zu verurteilen.

Der Gentleman selbst saß kerzengerade hinter einem Schreibtisch, auf dem sauber gestapelte Papiere lagen. Er trug eine dunkle Robe, einen seidigen Halsschal, eine graue, gelockte Perücke und an einem Finger einen goldenen Siegelring. Eine lange Narbe quer über seiner Stirn beunruhigte Jacob zutiefst – vermutlich ein Andenken an den Bürgerkrieg.

Mallorys Präsenz erinnerte Jacob allzu lebhaft an seinen alten Schuldirektor, in dessen Büro er so oft tüchtig verhauen worden war. Verstört nahm er nicht nur den Hut, sondern auch seine Perücke ab und wrang sie in den Händen. Als ihn der Senior Magistrat ansah, als sei er verrückt, setzte Jacob beides hastig und schief wieder auf den Kopf, wo es während der gesamten Unterredung blieb.

Der Anfang war gründlich misslungen.

Jacob brachte es dennoch fertig, die drei vorzustellen und stockend den Grund ihres Erscheinens zu schildern: Mr Samuel Pepys' Inquisitoren; Goddie Grimstons Hexereivorwürfe; Rebecca und Paulinas Unschuld…

Mallory unterbrach ihn und wandte sich direkt an Paulina. „Seid Ihr eine Hexe?", fragte er unverblümt.

Paulinas Mund öffnete und schloss sich wortlos.

Jacob blieb nichts anderes übrig, als für sie zu sprechen. „Nein, sie ist keine Hexe, Euer Ehren. Ich kann …"

Mallory funkelte ihn an. „Lasst die Frau selbst sprechen!", donnerte er.

Das brachte Paulina endlich dazu, leise zu bestätigen: „Ich bin keine Hexe, Sir."

„Euer Ehren", wagte Jacob einzuwenden, „Mr Bennett …"

„Ich bin über Mr Bennetts Beteiligung im Bilde, Mr Standish!", donnerte Mallory erneut. „Mein geschätzter Kollege aus Brampton wünscht eure Inhaftierung. Er war heute Morgen bei mir, und ich habe ihm ein Kaperbrief ausgestellt. Er ermächtigt Bennett, euch festzunehmen."

Paulina japste auf. Die Inquisitoren starrten ungläubig.

Sir Edward fuhr fort: „Ihr habt hier keinerlei Befugnis, benehmt euch aber, als wärt ihr selbst Gesandte der Krone. Solches Verhalten wird in diesem Bezirk weder gebilligt noch geduldet."

„Euer Ehren, wir handeln im Auftrag von Mr Samuel Pepys, dessen Schwester hier an meiner Seite steht", wandte Jacob zaghaft ein. „Er ist Clerk of the Acts beim ..."

„Ich weiß, wer Mr Pepys ist!", donnerte Mallory. „Er ist ein Freund von Lord Fairfax. Mein Punkt ist: Ihr habt keinerlei förmlichen Nachweis eures Auftrags!"

Jacobs Husten kam plötzlich wieder auf, und er beugte sich vor, rang nach Luft.

Mallory beugte sich über seinen Schreibtisch, direkt an Jacob gewandt. „Mr Standish, schleppt Ihr Krankheit in mein Büro?"

„Nein, Sir!", versicherte Jacob hustend. „Es ist nur eine Erkältung. Nichts weiter."

Schließlich fasste Abby sich ein Herz. „Euer Ehren, ich bitte Euch, es droht ein schwerer Justizirrtum. Simon Hopkins reitet ..."

Abermals unterbrach sie Sir Edward, der den Klang seiner eigenen Stimme offenbar mehr schätzte. „Simon Hopkins bringt öffentliche Aufmerksamkeit mit sich. In dieser Angelegenheit bin ich verpflichtet, mich streng an den Buchstaben des Gesetzes zu halten."

Bietet er uns einen Hoffnungsschimmer? fragte sich Abby. „Sir, meint Ihr damit, dass Ihr eingreifen könntet, sollte Hopkins in seinen Methoden das Gesetz überschreiten?"

Mallory zupfte an seinem Halstuch und ignorierte ihre Frage. „Damit ihr eure Ermittlungen fortsetzen könnt und nicht eingesperrt werdet, benötige ich eine Sonderkommission des Admiralty Board, ordnungsgemäß autorisiert."

Trotz allem hakte Abby nach. „Und bezüglich Simon Hopkins' Methoden, Euer Ehren?"

„Wenn er das Gesetz überschreitet, könnte ich einschreiten. Jetzt aber verlässt bitte mein Büro. Ihr habt meine Zeit bereits genug beansprucht."

Chapter Twenty

Hopkins zur Rede gestellt

S imon Hopkins musste keinen Magistrat aus Cambridge
aufsuchen. Ein Magistrat aus Cambridge kam zu ihm,
herbeigerufen von Dorothy Kiplings aufgebrachtem Ehemann
Walter. Der Mann weckte Hopkins in den frühen Morgenstunden nach Prudence Sawyers Geständnis in der Blacksmith's
Inn.

Nachdem er in den vergangenen 72 Stunden kaum acht
Stunden geschlafen hatte, war der selbsternannte Hexenjäger
benommen, als die Tür zu seiner Kammer aufgerissen wurde
– von einem Mann, dessen Gesicht er erkannte, ohne es sofort
zuordnen zu können.

Langsam lichteten sich seine Gedanken. „Mr… Langton?
Mr Edward Langton?", fragte Hopkins, blinzelnd mit einem
verquollenen Auge.

Beide Männer hatten einst gemeinsam in Cambridge
studiert, obwohl Langton damals bereits sein Jurastudium
abschloss, als Hopkins die ehrwürdigen Hallen betrat.

Sie wären sich womöglich nie begegnet, hätte Langton nicht eines der Pamphlete in die Hände bekommen, die Hopkins gedruckt hatte – eine scharfe Kritik an der anglikanischen Kirche, die immer noch zu viele katholische Elemente beibehalte und reformiert werden müsse. Langton, ein gemäßigter Protestant, hatte Anstoß genommen. Es kam zu hitzigen Worten, die Schriften wurden eingesammelt und vernichtet.

Mehr noch: Langtons Vater war Sir William Langton, ein einflussreiches Parlamentsmitglied, bekannt für seine wohltätigen Initiativen zugunsten der Armen, vor allem für die Gründung der Langton'schen Armenhäuser.

Keine gute Ausgangslage.

„Simon Hopkins!", rief Langton fröhlich. „Hätte ich je geglaubt, dass wir uns wiedersehen? Und unter solch … aufsehenerregenden Umständen!"

Hopkins setzte sich auf seiner Strohlagerstätte auf und rieb sich die fahlen Wangen.

Langton wirkte so imposant wie eh und je. Er nahm seinen Hut ab und offenbarte das dunkel gescheitelte Haar. Seine Gesichtszüge waren scharf geschnitten, das Kinn glatt rasiert.

Seine Kleidung war makellos, wenn auch zurückhaltend: ein marineblaues Wams mit feinen Messingknöpfen, dazu passende Kniehosen, polierte Lederstiefel und ein dunkler Samtumhang. Die weiße Halskrause wies ihn als Angehörigen der Rechtsprechung aus, und Hopkins schnellte sogleich stramm.

„Sir, Ihr seid…?", begann er.

„Ein Magistrat, Mr Hopkins. In der Tat. Justice of the
Peace. Darum bin ich hier. Denn ich höre, der Frieden sei in
diesem hübschen Weiler schwer gestört worden. Durch Euch,
Mr Hopkins."

„Meine Methoden, Sir, wurden von König James selbst
festgelegt, im Namen Gottes und Jesu Christi. Ich würde sie
mit meinem letzten Atemzug verteidigen."

„Dann wollen wir hoffen, dass es nicht dazu kommt. Nicht
wahr?"

Am Nachmittag legte sich ein eisiger Hauch über den Ort.
Die Dorfhalle war so kalt, dass über der dicht gedrängten
Menge feiner Dampf aufstieg, die gekommen war, um die
Vernehmung von Simon Hopkins zu sehen. Wie hatten sich
doch die Verhältnisse gewendet.

Der Wirt der Blacksmith's Inn war mit seiner Frau erschienen. Ebenso Henry Drayton, dessen Frau Lucy verstorben war, sowie Hopkins' beiden Beobachterinnen Faith Jarvis
und Hester Quill. Walter Kipling, Dorothys betagter Mann,
stand in der ersten Reihe, sanft die Schulter seiner Frau
berührend.

Die drei angeklagten Frauen – Sarah und Prudence Sawyer
sowie Dorothy Kipling – saßen im Zentrum des Raumes, mit
aschfahler, klammer Haut, die die Tortur erahnen ließ, die sie
hinter sich hatten, obgleich sie nun frische, ordentlich gepresste
Wollkleider trugen, die ihnen ihre Würde zurückgaben.

Der Cambridge-Magistrat Edward Langton hatte auf einer hastig errichteten Plattform am Ende der Halle Platz genommen, geschmückt mit einer feinen Perücke. Er hatte den Vormittag damit verbracht, mit den beschuldigten Frauen und anderen Zeugen zu sprechen, darunter auch mit dem Arzt, der versucht hatte, Lucy Drayton zu behandeln.

Simon Hopkins stand nun vor ihm, in der längst zerknitterten Montur seines Vaters, und verteidigte sein Vorgehen.

„Sir, ich halte in meiner Hand die Geständnisse dieser Hexen", sagte Hopkins. „Darf ich sie Euch vorlegen?"

„Mr Hopkins, ich bin mir dieser Geständnisse bewusst", entgegnete Langton. „Wurden sie nicht unter Zwang erlangt?"

Ein Aufschrei und höhnisches Johlen ging durch die Menge. Langton gebot ihnen mit erhobener Hand Ruhe.

Hopkins setzte erneut an: „Nein, Sir, sie…"

Doch wieder unterbrach ihn ein Tumult, und der Magistrat mahnte die Dorfbewohner: „Ihr müsst Eure Gefühle zügeln und den Mann sprechen lassen."

Jemand rief: „Er ist kein Mann! Er ist der Teufel selbst!" Als einige Beifall klatschten, warfen andere ihnen wütende Blicke zu.

Hopkins stand kurz vor dem Explodieren. „Ich bin Gottes Bote auf Erden, Sir! Ich will diesen Ort vom Bösen reinigen! Sie", rief er mit seinem Stab auf die Sawyers und Dorothy Kipling deutend, „sind die Teufel!"

Sarah Sawyer hob den Kopf und sah ihm fest in die Augen. „Nein, Sir. Ich bin kein Teufel. Und meine Tochter auch nicht, die Ihr so grausam behandeltet."

„Und auch nicht meine Frau!", rief Walter Kipling, als Dorothy selbst stumm blieb, und murmelnde Zustimmung ging durch die Reihen.

„Ist es nicht wahr", begann Langton, „dass Ihr diesen armen Frauen drei Tage und Nächte den Schlaf versagt habt?"

„Es ist nicht wahr, Sir!", log Hopkins.

Da brach die Hölle los.

Als die Menge schließlich wieder zur Ruhe gebracht war, sprach Hopkins weiter: „Wessen Wort glaubt Ihr, Sir? Dem der Bauern? Oder dem des Hexenjäger-Generals höchstselbst?" Es war das erste Mal, dass er sich selbst mit dem früheren Titel seines Vaters schmückte. Er blähte sich auf und starrte den Magistrat herausfordernd an.

Sarah Sawyer erhob die Stimme: „Es ist wahr, Euer Ehren, dass er uns in dieser Halle drei Tage und drei Nächte wach hielt. Und wenn wir einschliefen, riss er uns wieder hoch und ließ uns herumlaufen."

„Sie lügt!", donnerte Hopkins. „Denn sie ist eine Hexe!"

Er schüttelte den Kopf und lächelte verächtlich, als erneut Pfiffe und Buhrufe laut wurden. Er war überzeugt, die Oberhand zu haben – sein Wort, das Wort eines gebildeten Mannes, gegen das ihrer.

Doch mitten im Tumult hob Hester Quill zögernd die Hand. Nach und nach verstummten die Rufe, bis völlige Stille herrschte.

Langton schaute fragend auf die schlicht gekleidete Frau mit dem wettergegerbten Gesicht.

Sie sprach leise und stockend: „Euer Ehren, ich war auch dabei. Mr Hopkins …“, sie wagte nicht, ihm in die Augen zu sehen, „… stellte mich als Wächterin ein, Sir. Es ist wahr, was man sagt: Er verweigerte diesen Frauen drei Tage und Nächte den Schlaf.“

Man hätte eine Feder fallen hören können.

„Eine unabhängige Zeugin“, verkündete Langton. „Was sagt Ihr dazu, Simon Hopkins?“

Doch Hopkins gab sich noch nicht geschlagen. „Ich bitte Euch, Sir, ruft den Medicus, der das Opfer dieser Hexen untersucht hat. Sein Zeugnis wird gewiss vernichtend sein.“

Ein Herr drängte sich durch die Menge nach vorn, und alle Blicke folgten ihm gespannt. Er fiel auf durch die Eleganz seiner Kleidung und seine gepflegte Erscheinung.

„Jasper Milton, Medicus“, stellte er sich vor, als er vor Langton stand. „Zu Euren Diensten.“

Es war das erste Mal, dass Hopkins den Mann sah – und ihm wurde bewusst, dass er ihn besser selbst verhört hätte. Stattdessen murmelte er ein Stoßgebet zum Allmächtigen.

„Ihr habt die unglückliche Verstorbene in dieser Sache – Lucy Drayton – untersucht, Sir?“, fragte Langton.

„Ja, Sir“, antwortete Milton.

„Und was ist Eure professionelle Einschätzung bezüglich der Krankheit der Verstorbenen?"

Henry Drayton ballte die Fäuste und rief: „Meine Frau wurde von diesen Hexen verflucht!"

„Schweig, Mr Drayton!", donnerte Langton. „Fahrt fort, Dr Milton."

„Sir, Lucy Drayton litt an einem Fieber, das sich über mehrere Tage verschlimmerte. Neben meinen Verabreichungen von Rosmarin und Salbei setzte ich Blutegel an. Ich verabreichte ihr auch Jalapenwurzel, um die Krankheit auszutreiben. Doch leider waren meine Bemühungen vergeblich, und sie starb am siebten Tag ihres Leidens."

„War irgendeine auffällige Malerei am Körper der Verstorbenen zu sehen?"

„Ja, Sir."

In Hopkins' dunklen Augen blitzte es auf. „Durch den Fluch der Hexen!"

Doch der Medicus schüttelte den Kopf. „Im Gegenteil, Sir. Es war ein Mal, das ich bei vielen Unglücklichen gesehen habe. Es war ein Beulengeschwür, Sir."

„Dann lautet Eure fachliche Einschätzung, Mr Milton", sagte Langton, „dass Lucy Drayton an der Beulenpest verstorben ist?"

„So ist es, Sir."

Der Hexenjäger hatte noch einen letzten verzweifelten Trumpf im Ärmel. Oder vielmehr in seiner Tasche.

Hopkins zog etwas hervor, das wie ein sehr dünner Dolch aussah: eine eiserne Nadel von etwa sechs Zoll Länge in einem hölzernen Griff. Es war eine Hexenstichnadel.

Er wandte sich an den Magistrat. „Sir, ich stehe zu diesen Geständnissen. Mit Eurer Erlaubnis werde ich diese Frauen stechen. Wenn sie nicht bluten, sind sie gewiss Hexen."

Langton hatte von dieser Praxis des Stechens gehört. Auch wenn sie von Gelehrten verlacht wurde, scheute er sich, Hopkins den Wunsch so öffentlich zu verwehren.

„Nun gut", sagte er.

Hopkins vertraute diesem Verfahren voll und ganz.

Eine nach der anderen entblößten die Frauen ihren Rücken, und der Hexenjäger setzte die Nadel an, während er leise betete, dass kein Blut erscheine.

Zuerst Dorothy Kipling. Sofort perlte ein roter Tropfen hervor, und Jubel brandete auf.

Als Nächste Sarah Sawyer. Das gleiche Ergebnis.

Zuletzt die junge Prudence Sawyer, die bereits gestanden hatte. Als Hopkins sie stach und zurücktrat, um genau hinzusehen, kam kein Blut. Ein kollektives Einatmen ging durch die Zuschauer.

„Seht die Hexe!", rief Hopkins gerade, als sich ein winziger roter Punkt zeigte, der zu einer perfekten, purpurnen Kugel wuchs und schließlich herabfiel, eine feine blutige Spur über ihren Rücken ziehend.

Noch Jahre später erzählten viele der Anwesenden mit düsterer Genugtuung von diesem Schauspiel.

Henry Drayton schließlich wurde nachgewiesen, dass er aus nichtigem Groll – wegen eines nicht richtig verschlossenen Gatters, eines vermeintlichen Spottes über seine Trinkfestigkeit – gegen die Sawyers und Kipling vorgegangen war. Er wurde zu einer Geldstrafe und einer öffentlichen Entschuldigung gezwungen.

Simon Hopkins' öffentliche Demütigung galt als Strafe genug. Da keinem ein dauerhafter Schaden zugefügt worden war, ließ Edward Langton ihn ziehen. Vielleicht hatte die alte Bekanntschaft aus Cambridge das Urteil des Magistrats gemildert – doch Hopkins wurde vor schwerwiegenden Konsequenzen gewarnt, sollte er seine Hexenjagd nicht einstellen.

Der gedemütigte Puritaner ritt davon, wie er gekommen war, unter dem Spott der Menge und verfolgt von Jungen, die Steine nach ihm warfen.

Niemals wieder wollte er eine solche Schmach erdulden, schwor er sich. Er war töricht gewesen, sein Werk in einem Ort zu beginnen, dessen Magistrat er nicht kannte und nicht für seine Sache gewinnen konnte.

In Brampton, redete er sich ein, würde alles anders werden. Dort hatte ihn Magistrat Bulstrode Bennett persönlich gerufen, eigens von Huntingdonshire nach Essex gereist, um ihn zu holen. Sie waren Männer eines Geistes: Hexen mussten vor Gericht und bestraft werden, mit den alten Methoden.

Um seine Position zu festigen, plante Hopkins, nach Cambridge zurückzukehren und sich einen gottesfürchtigen Schreiner zu suchen.

Chapter Twenty-One

Eine Tür schlägt zu

Vor dem Rathaus von Huntingdon wirkte Jacob wie aufgedreht; selbst Paulina rang sich ein Lächeln ab.

„Wenn Simon Hopkins das Gesetz bricht, dann haben wir ihn!", rief er begeistert und suchte in Abbys Miene nach Zustimmung – doch fand er keine.

Stattdessen blickte sie besorgt. „Simon Hopkins wird genau handeln wie sein Vater. Er wird alles abstreiten und seine Methoden dem Blick entziehen. Er wird sich nicht beim Gesetzesbruch ertappen lassen. Matthew Hopkins war gerissen, und von seinem bösen Sohn erwarte ich nichts anderes."

Sie fuhr eindringlich fort: „Schlimmer noch: Wir wissen nun, dass Bulstrode Bennett Sir Edward vor uns erreicht hat und nun die rechtliche Befugnis besitzt, Jacob und mich ins Gefängnis zu werfen. Und gewiss wird er davon Gebrauch machen. Es ist unerlässlich, dass wir sofort meinen Herrn verständigen, wegen jener Besondere

Kommission zur Untersuchung, die Sir Edward erwähnte."

Jacob, der es liebte, wenn er zum Handeln angespornt wurde, nickte entschlossen. „Dann werde ich eine Poststation aufsuchen und unverzüglich einen Boten losschicken, ihm einen ordentlichen Lohn in Aussicht stellend, damit er meinen Auftrag annimmt. Er soll die Nacht hindurch nach London reiten."

Die Sonne hing bereits knapp über dem Horizont, wie ein gutmütiges, wachsames Auge über der Landschaft, als die Inquisitoren und Paulina das Haus ihrer Eltern erreichten. Paulina blickte zum Himmel empor, faltete die Hände zum Gebet, öffnete dann die Tür und eilte die Treppe hinauf. Abby und Jacob folgten ihr.

Im ersten Zimmer auf dem Treppenabsatz lag John Pepys; sie fanden Paulina darin, wie sie die Hand des alten Mannes hielt. Mabel Fenwick saß neben dem Bett und nähte. Der Raum roch nach Kräutern – Lavendel zur Beruhigung, Kamille gegen das Fieber –, die auf den Fensterbänken und auf Johns Kopfkissen verteilt waren. Auf der Kommode reihten sich Gläser mit verschiedenfarbigen Tinkturen und Sirupen, teils offen – bereits versuchte Mittel.

Erleichtert sahen sie den alten John aufrecht sitzen, auch wenn er blass und schwach blieb und seine Brust bei jedem Atemzug rasselte. Doch wie immer fand er die

Kraft, die Inquisitoren seines Sohnes mit einem Nicken und einem angedeuteten Lächeln zu begrüßen.

Im nächsten Zimmer lag Margaret Pepys still in ihrem Himmelbett, zugedeckt mit einer schweren Wolldecke; eine weiße Katze schlief zusammengerollt an ihren Füßen. So reglos lag Margaret da, dass die drei in der Tür den Atem anhielten – bis das sanfte Heben ihrer Brust zeigte, dass sie noch lebte, und sie erleichtert ausatmeten.

Plötzlich drang von unten ein Hämmern an der Tür herauf, gefolgt von Bulstrode Bennetts grollender Stimme:

„Macht augenblicklich auf! Ich halte hier einen Kaperbrief in der Hand, unterzeichnet von Sir Edward Mallory höchstselbst! Jacob Standish, Abigail Harcourt, zeigt euch! Ihr wurdet gesehen, wie ihr dieses Haus betreten habt!"

Sein Gebrüll weckte selbst die kränkelnde Mistress Pepys.

Chapter Twenty-Two

Gestalten im Schatten

Als Abby am nächsten Morgen erwachte, lag sie auf einem kalten Steinboden und in völliger Dunkelheit. Es dauerte eine Weile, bis sie begriff, wo sie war und wie sie dorthin gekommen war. Als ihr die Erkenntnis dämmerte, stieß sie einen wütenden Schrei aus. *Überlistet von Bulstrode Bennett*, dachte sie bitter. *So sind die Männer, mit all ihrer Macht.*

Jacob wachte ungefähr zur gleichen Zeit auf, doch es war unmöglich zu sagen, ob es Tag oder Nacht war, da auch seine Zelle keine Fenster hatte. Am Vorabend waren er und Abby, mit gefesselten Händen, auf den Platz gegenüber der Kirche geführt und in ein steinernes Gefängnis geworfen worden, in getrennte Zellen. Ein Bramptoner Constable hatte ihnen Kleidung und Habseligkeiten abgenommen und sie in schmutzige Gefängnisfetzen gesteckt.

Bennett hatte Abbys Liste der Verdächtigen entdeckt. Als er darauf seinen eigenen Namen sah, zerriss er die Pergamentrolle vor ihren Augen.

„Wie könnt ihr es wagen zu glauben, ich würde so tief sinken und in den Mord an Goddie Grimston verwickelt sein", hatte er ihr gesagt. „Der elende Wicht kam durch eure Hexen um, wie jeder weiß. Simon Hopkins wird es beweisen. Und ich höre, der Hexenjäger ist bereits unterwegs."

„Ist da jemand?"

Abby und Jacob hörten es beide. Und sie erkannten die Stimme sofort.

„Rebecca?", riefen sie gleichzeitig.

„Ruhe da drin!", kam die gedämpfte Männerstimme von draußen.

Ein Schlüssel drehte sich im Schloss, und eine schwere Tür quietschte auf. Gedämpftes Tageslicht fiel durch die kleinen vergitterte Fenster in die Zellen, und alle drei wandten ihre Augen ab.

„Ihr werdet nicht sprechen", befahl der örtliche Constable John Ward, den der Magistrat dort postiert hatte. (Die Gefangenen hätten vielleicht gelächelt, wenn sie gewusst hätten, dass das Wetter über Nacht umgeschlagen war und seine Kleidung völlig durchnässt war.)

„Darf ich eine Kerze anzünden?", bat Abby.

Alle hörten, wie Ward genervt seufzte.

Kurz darauf kaute jeder von ihnen auf trockenem Brot, während eine schwache, flackernde Flamme ihre trostlose Umgebung beleuchtete. Die Zellen waren so klein, dass Jacob mit dem Kopf schief an der Wand und den Füßen an der gegenüberliegenden eingeschlafen war. Die Wände waren feucht und rochen nach Moder. Abby vermutete, dass das Gefängnis Teil des kirchlichen Komplexes der St.-Mary-Magdalen-Kirche war.

Positiv immerhin: Die Inquisitoren hatten mit ihrer Festnahme gerechnet; der Bote war bereits auf dem Weg nach London. Doch wie lange würde es dauern, bis Mr Pepys' Antwort kam, während sie hier unter diesen grauenhaften Bedingungen ausharren mussten?

Und dann war da noch die unglückliche Rebecca Thacker, inzwischen dreimal der Hexerei bezichtigt: wegen Goddies verdorbener Ernte, wegen seines Todes und nun wegen der Krankheit von John und Margaret Pepys. Da Hopkins nach Brampton ritt, standen die Zeichen schlecht.

Nachdem John Ward auf seinen Posten draußen zurückgekehrt war, stellten sie fest, dass sie sich flüsternd, mit an die Gitterstäbe gepressten Gesichtern, verständigen konnten, ohne dass er es bemerkte.

Abby konnte Jacob in der Nachbarzelle nicht sehen, doch Rebecca in der gegenüberliegenden schon.

Das Gesicht der Tuchhändlerin wirkte eingefallen, die Furchen durch das Kerzenlicht noch tiefer. „Was soll ich nur tun?", flehte sie die Inquisitoren an. „Ihr solltet doch unsere Rettung sein, und nun sitzt ihr neben mir eingesperrt."

Als Jacob ihr den Plan mit Samuel Pepys und dem Boten erklärte, hoffte er, damit ihre Angst besänftigen zu können.

Stattdessen begann sie zu weinen und zerrte vergeblich an den Eisenstäben. „Dann seid ihr frei, während ich hier verrotte!" Sie sank auf den Boden, ihr Gesicht verschwand aus dem Sichtfeld.

Es blieb ihnen nichts anderes übrig, als ihre Tränen versiegen zu lassen.

Schließlich fasste sie sich wieder. „Ich war immer stolz darauf, stark und unabhängig zu sein", sagte Rebecca schniefend. „Aber diese Anklagen haben mich in die Knie gezwungen. Ich fürchte wahrlich, wenn ich das nächste Mal die Blumen sehe, die ich so liebe, wird ein Strick auf mich warten."

„Erzählt uns von euch", sagte Abby.

Rebecca runzelte fragend die Stirn.

„Erzählt uns von euch", wiederholte Abby. Sie hoffte, es würde Rebecca von der bedrückenden Situation ablenken.

Rebecca Thacker sei 1640 in Brampton geboren worden, in dem Haus, in dem sie noch immer lebe, erklärte sie. Ihre Eltern, Eliza und Matthew, seien beide Weber gewesen, und schon als Kind habe sie sich für ihr Handwerk begeistert.

Ihre Mutter habe sie mitgenommen auf die Wiesen und an die Hecken, um ihr die verschiedenen Wildblumen zu zeigen, die sich für die Alchemie der Färberei eigneten. Es sei ihre Leidenschaft geworden, und sie habe ferne Lichtungen und Senken aufgesucht, um neue Pflanzen zu finden.

Ihre Familie sei zerrissen worden, als Matthew sich Cromwells New Model Army angeschlossen habe. Rebecca erinnerte sich, dass ihre Mutter ihr im Alter von nur neun Jahren mitgeteilt habe, er sei in der Schlacht von Maidstone gefallen.

Danach habe sie bei ihrer Mutter gelernt und begonnen, Kleidung für den Markt herzustellen, wobei sie schnell bemerkte, dass ihr das Talent offenbar im Blut lag. Ihre Mutter habe sich jedoch nie von dem Tod ihres Mannes erholt, was ihren Geist schwächte und sie so weit herunterzog, dass sie nicht mehr habe arbeiten können.

Schließlich habe eine Tante sie mit 14 Jahren geholt und die Mutter weggebracht. Mutter und Tochter hätten sich nie wiedergesehen, und Rebecca habe das Familiengeschäft allein weitergeführt – eine Rolle, in der sie aufgeblüht sei. „Ich hatte keine Zeit und kein Bedürfnis nach einem Mann", sagte sie.

Indem sie sich darauf spezialisierte, nie zuvor gesehene Farben zu kreieren, habe sie sich einen Namen in den umliegenden Grafschaften gemacht. „Aber durch meine Arbeit mit Kräutern und Tränken werde ich jetzt der Hexerei beschuldigt", schloss Rebecca bitter.

Jacob, der ihrer Erzählung aufmerksam gelauscht hatte, spürte eine wachsende Verzweiflung, dieser zu Unrecht beschuldigten Frau helfen zu müssen. „Gibt es nichts, liebe Dame, das ihr uns sagen könnt, das unsere Untersuchung voranbringt?"

Rebecca überlegte eine Weile und schien hin- und hergerissen.

„Bitte", drängte Jacob sie.

„Es gibt etwas ... Letzte Woche lieferte ich spätabends Kleidung auf das Gut. Im Mondlicht sah ich zwei Gestalten, die die Gärtnerhütte auf dem Anwesen betraten."

„Ist das ungewöhnlich?", fragte Abby.

„Ich glaube schon. Der Gärtner, der die Gärten gepflegt hatte, solange sich irgendwer erinnern kann, starb im vergangenen Frühjahr, und ein Nachfolger wurde noch nicht ernannt. Die Hütte sollte leer sein."

„Habt ihr die Gestalten erkannt?", fragte Jacob.

Rebecca schüttelte langsam den Kopf, während sie sich die Szene noch einmal ins Gedächtnis rief. „Nein. Es war zu dunkel. Aber es schien ein Mann und eine Frau zu sein."

Jacob schürzte die Lippen. „Ein Paar, im Schatten verborgen, bei einer heimlichen Affäre? Wie sollte das mit Grimstons Tod und der Hexerei zusammenhängen?"

„Dieses kleine englische Dorf, das für den flüchtigen Beobachter so friedlich und harmlos wirkt, brodelt unter der Oberfläche vor Geheimnissen und Lügen, Jacob", entgegnete Abby. „Wenn diese Leute etwas zu verbergen haben, müssen wir herausfinden, was es ist."

Chapter Twenty-Three

Der Besucher

Die drei Gefangenen wurden schließlich des Flüsterns müde und verzogen sich jeweils in eine Ecke ihrer Zelle, um sich die Zeit so gut es ging zu vertreiben. Abby wälzte die Fakten des Falls in Gedanken hin und her, in der Hoffnung, auf etwas zu stoßen, das sie übersehen hatte. Jacob fand einen Stein und warf ihn immer wieder in die Luft, um ihn im fahlen Licht aufzufangen. Irgendwann landete er auf seiner Kerze, stieß sie um und löschte die Flamme – womit das Spiel beendet war.

Irgendwann kehrte Constable Ward mit Nahrung zurück, so dürftig sie auch war. Sie nahmen an, dass es früher Nachmittag sein musste, da es mit ihrer zweiten Mahlzeit des Tages zusammenfiel – traditionell ein üppiges Dinner, in diesem Fall jedoch wieder nur altes Brot und dünnes Ale. Trotzdem verzehrten sie es gierig.

Abby begann sich zu fragen, wer die Gestalten gewesen waren, die Rebecca beim Betreten der verlassenen

Gärtnerhütte gesehen hatte. Waren es Dorfbewohner, die sie und Jacob bereits im Visier hatten? Oder andere, die ihnen bislang unbekannt waren? Würden sich neue Verdächtige in ihre Untersuchung mischen? Sie stöhnte innerlich bei dem Gedanken; der Fall war schon jetzt belastend genug.

Wenn diese beiden Personen tatsächlich Verbindungen zu ihrem Fall hatten – welche waren das? Sie hatte zwar einige Theorien zusammengetragen, doch nichts davon war solide genug, um es mit ihrem Mitinquisitor zu teilen.

Wäre ich doch nur frei! dachte sie bei sich. *Dann könnte ich die Gärtnerhütte auf dem Anwesen besuchen und nach Hinweisen suchen.*

Bulstrode Bennett hatte viel zu verantworten.

Einige trübe und unbequeme Stunden später – vermutlich zur Abendessenszeit, wie Jacob hoffte – drehte sich erneut der Schlüssel im Schloss, und die Tür quietschte auf. Er war noch nie in seinem Leben so hungrig gewesen. Seltsamerweise hatte sich trotz der schrecklichen Bedingungen sein Husten gebessert und seine Brust fühlte sich freier an. Er begann schon zu denken, dass Gefängnis vielleicht doch nicht so ungesund sei, bis ihm klar wurde, wie unsinnig das klang.

Abby saß in sich zusammengesunken und düster, als sie aus ihren Grübeleien gerissen wurde. Sie hörte zwei

Männerstimmen, stellte sie fest – keine davon war Jacobs. Eine gehörte Ward, aber die andere …

Ein Gesicht erschien an ihrem vergitterten Fenster, von unten durch eine Öllampe beleuchtet, umrahmt von langen, rabenschwarzen Haaren und einem Bart, darüber ein breitkrempiger Hut. Die Augen lagen im Schatten verborgen. In der behandschuhten Hand hielt der Besucher einen langen Holzstab, über seinen Schultern hing ein Umhang.

Ein höhnisches Lächeln huschte über seine kalten Lippen.

Sie wusste, wer er war.

Simon Hopkins war eingetroffen.

„Die Dienerin der Hexen!", verkündete er theatralisch. „Gott wird auch über dich richten, merke dir meine Worte, Abigail Harcourt. Du wirst seiner irdischen Vergeltung nicht entkommen."

Wie würde sie reagieren? Abby hatte sich das gefragt, seit sie von Hopkins' Verwicklung in die Hexenjagd von Brampton erfahren hatte. Dies war der Sohn des Mannes, der ihrem Vater, dem gütigen und fortschrittlichen Ambrose Harcourt, im Grunde das Todesurteil beschert hatte.

Sie hatte Matthew Hopkins' Buch gelesen und erinnerte sich an die Gravur auf dessen Titelblatt. Simon, der jetzt vor ihr stand, war gekleidet wie sein Vater auf

diesem Bild. Sie wusste genau, wo sie stand. Doch …
es beschäftigte sie: Konnte man einem Sohn die Taten
seines Vaters vorwerfen?

Abby stemmte sich auf die Beine. Sie würde sich von
diesem Mann nicht einschüchtern lassen – genau das war
es schließlich, was er wollte. Ebenso aber wusste sie, dass
es klug wäre, ihn nicht zu reizen. Dieser Schlagabtausch
der Geister würde nur über Zeit gewonnen werden.

„Ich habe mich darauf gefreut, Eure Bekanntschaft
zu machen, Simon Hopkins", sagte sie laut und deutlich, seinen Namen betonend, damit auch die anderen es
hörten.

Es wirkte. Sie hörte das Rascheln in den anderen
Zellen, und Rebecca erschien an ihrem Fenster, von
Ehrfurcht und Angst zugleich gezeichnet.

Jacobs Stimme erklang: „Ihr habt keine Befugnis, hier
Eure Scharlatanerie zu treiben, Simon Hopkins."

Der Hexenjäger drehte den Kopf zu ihm und lächelte
überlegen. „Scharlatanerie! Ich lobe Euch, Jacob Standish.
Doch ich habe hier eine Kommission zur Entdeckung
der Hexerei in Brampton, vom Magistrat selbst, Bulstrode
Bennett, unterzeichnet. Sagt, wo ist Eure Kommission?"
Er machte eine Pause, seine Stimme triefte vor Spott. „Mr
Standish?"

Der Titel seiner Kommission, dachte Abby, so nah
an der berüchtigten Discovery of Witches seines Vaters.
Kein Zufall.

Jacob indes stammelte: „Es stimmt wohl, dass … dass wir keine …"

Hopkins legte ihm einen behandschuhten Finger an die Lippen. „Pssst, Mr Standish. Ich werde nun mit der Hexe sprechen."

Der Hexenjäger wandte sich Rebecca zu, die leise zu wimmern begann. Seine Augen weiteten sich bedrohlich und froren sie in ihrer Angst ein.

„Sprich, Hexe!", befahl Hopkins.

Sie brachte keinen Laut hervor.

Abby konnte nicht länger schweigen. „Seht Ihr nicht, dass sie vor Angst gelähmt ist?", rief sie. „Rebecca Thacker ist keine Hexe, Ihr Ungeheuer!"

„Der Herr, der Allmächtige, wird ihr Richter sein!", donnerte Hopkins. Dann drehte er sich plötzlich zu ihr, sein Gesicht vor Zorn verzerrt. Er hob seinen Stab und zeigte auf sie. „Nicht Ihr, Abigail Harcourt!", brüllte er.

Sie stolperte rückwärts, so sehr trafen sie seine Worte, und stürzte auf den harten, nassen, sandigen Boden.

„Holt die Hexe, Mr Ward", hörte sie ihn befehlen, während sich der Schlüssel in Rebeccas Tür drehte.

„Sie wird sich ihrer Gefährtin, der Zauberin Paulina Pepys, zugesellen", verkündete Hopkins. „Und bald schon werden wir ihr Geständnis hören."

Abby sprang auf, presste ihr Gesicht an die Gitterstäbe. „Ihr habt Paulina?"

Der Hexenjäger lächelte nur.

Dann fiel die Tür ins Schloss – und stürzte sie zurück in Dunkelheit.

Chapter Twenty-Four

Ein Siegel gebrochen

Die Inquisitoren verbrachten einen weiteren elenden Tag in der feuchten, abgestandenen Luft. Ihre Gedanken waren erfüllt von Bildern Paulinas und Rebeccas, wie sie zitternd Simon Hopkins ausgeliefert waren, und sie verfluchten ihre eigene Untätigkeit.

Jacob bemerkte, dass sein hartnäckiger Husten vollkommen verschwunden war. Er fühlte sich besser als seit Tagen, auch wenn sein Magen schrecklich knurrte; das Echo hallte durch seine winzige Zelle und machte seinen Hunger nur schlimmer.

Abby schlief kaum, bis ins Mark durchgefroren, verzehrt von Schuld und Zorn. Zorn auf sich selbst, weil Bennett und Hopkins sie ausgetrickst hatten – aber weit mehr noch auf diese beiden Männer. Männer, die ihre Macht im Namen Gottes und des „höheren Wohls" missbrauchten.

Am späten Nachmittag schließlich drang ein hitziger Wortwechsel von draußen an Abbys Ohren. Dann hörte sie, wie ein Schlüssel im Schloss von Jacobs Tür gedreht wurde. Das Gesicht von Constable Ward erschien an ihrem Fenster, verschwand wieder, als er sich bückte, um ihre Tür aufzuschließen.

Wie benommen zwang sie ihre schmerzenden Glieder zum Gehorsam und stolperte halb aus der Zelle. Die Haupttür stand offen, und sie sog tief den frischen Wind ein.

Ein Mann stand bei Ward, trug robustes Leder und einen gewachsten Umhang. In der Hand hielt er eine zusammengerollte Pergamentrolle und einen wachsgesiegelten Brief, den er Jacob überreichte. „Ich kam, so rasch ich konnte, Sir", sagte er.

Der Brief war adressiert an Mr Jacob Standish, The Bull Inn, Brampton.

Jacob brach das Siegel und las laut vor:

„Sir,

Wie von Ihnen gewünscht, habe ich Ihrem Boten die Besondere Kommission zur Untersuchung, ordnungsgemäß unterzeichnet vom Lord High Admiral of England, James Stuart, Duke of York, mitgegeben. Sie autorisiert Ihre weiteren Ermittlungen in ganz Huntingdonshire – wehe dem Mann, der sich Ihnen in den Weg stellt.

Ich bin höchst beunruhigt über die Schwere Ihrer Lage. Leider bin ich derzeit mit Angelegenheiten der

Marine von äußerster Dringlichkeit befasst. Sobald meine Pflichten erfüllt sind, werde ich umgehend nach Brampton reisen. Ich werde mich bemühen, noch vor dem Hexenjäger Hopkins einzutreffen. Bis dahin liegt das Wohl meiner Schwester Paulina in Ihren Händen. Ich bete, dass Sie mein Vertrauen nicht enttäuschen.

Aufrichtig der Ihre

Samuel Pepys

Clerk of the Acts."

Jacob sah zu Abby hinüber. Ihr graues, nasses Gefängnisgewand hing ihr schlaff vom Leib, ihr Gesicht war bleich und ausgezehrt, ihre Hände schmutzverkrustet – doch ihre türkisfarbenen Augen glühten vor Entschlossenheit.

„Wo ist Hopkins?", fragte sie scharf in Richtung Constable Ward.

Der Aufseher war aller Selbstherrlichkeit beraubt. „Ich… ich hörte, er hält die Frauen in der Dorfhalle fest", stammelte er.

Trotz Kälte, Nässe, Hunger und Müdigkeit dachten die Inquisitoren nur an Paulina und Rebecca. Sie wussten, wo die Dorfhalle war – sie waren auf dem Weg zum Haus der Bennetts daran vorbeigekommen.

Als sie in den klaren Brampton-Nachmittag hinaustraten, erhob sich die Kirche St Mary Magdalen wie eine Silhouette über ihnen. Jacob sprach im Stillen ein kurzes

Gebet für ihren Erfolg. Für Abby war es ein Zeichen, dass allein ihr Weg der rechte war.

Jacob packte die Tür der Dorfhalle und rüttelte daran, doch sie war fest verschlossen. Er schüttelte die Klinke und warf sich gegen das schwere, eisenbeschlagene Eichenholz – vergeblich.

„Mit roher Gewalt werden wir hier nicht weiterkommen, Jacob", sagte Abby und ging zur Seite des Gebäudes.

Sie legte die Hände an eine Bleiglasscheibe, schirmte die Sonne mit den Fingern ab und spähte ins Innere. Jäh versteifte sie sich und winkte Jacob dringend herbei. „Schau!", sagte sie.

Drinnen erkannte er Paulina Pepys und Rebecca Thacker, einander gegenüber auf Stühlen in der Mitte der Halle. Der Hexenjäger stand zwischen ihnen, schlug wiederholt mit seinem Stab auf den Boden und drang mit harten Worten auf die Frauen ein. Paulina hatte den Kopf gesenkt, ihre Schultern bebten unkontrolliert. Rebecca starrte mit geröteten Augen ins Leere, als sähe sie unsichtbare Dämonen.

Jacob hämmerte gegen das Fenster und rief: „Lasst sie sofort frei!"

Sie sahen, wie der Hexenjäger vor Schreck seinen Stab fallen ließ und eilig zur Tür eilte. Die beiden Inquisitoren rannten um das Gebäude, um ihn abzufangen.

Hopkins war gerade dabei, die Tür hinter sich zu verriegeln, als sie ihn erreichten.

„Wie seid ihr entkommen?", rief er empört. „Ich werde den Magistrat rufen!"

Jacob hielt ihm ihre Besondere Kommission hin.

Hopkins überflog sie, rollte sie zusammen und reichte sie zurück. „Du hast Freunde in hohen Kreisen", sagte er und hob eine Braue.

Der Sieg tat gut – doch er währte nur kurz.

„Dann zeig mir den Beweis, dass diese Frauen keine Hexen sind", fügte Hopkins hinzu, während er seine behandschuhten Finger ineinander verschränkte.

Als keiner der beiden antwortete, zog er aus seiner Jacke eine Strohpuppe hervor, hielt sie vor sie, und ihr Lavendelduft wehte ihnen entgegen. „Wollt ihr mir das erklären?", fragte er unschuldig.

„Eine Puppe", entgegnete Abby ruhig, „wie Ihr wohl wisst, entdeckt an Goddie Grimstons Tür."

Hopkins schüttelte lächelnd den Kopf. „Nein, Abigail Harcourt. Grimstons Puppe hatte eine Nadel im Herzen. Diese hier aber wurde im Kopf durchbohrt."

Jacob sah Abby ungläubig an, die versuchte, trotz hämmernder Schläfen die Fassung zu wahren.

Hopkins kostete ihre Verunsicherung voll aus. „Ihr wusstet nicht, nehme ich an, dass letzte Nacht in Brampton ein zweites Opfer der Hexen entdeckt wurde?"

„Ihr wisst, dass wir es nicht wussten, Mr Hopkins",
antwortete Abby. „Wer war dieses Opfer?" Ihre Hände
zitterten, und sie zwang sie zur Ruhe.

„Sein Name war Owen Turner, Gott erbarme sich
seiner Seele. Kennt ihr ihn?"

Ihre leeren Blicke sagten Hopkins alles.

Jacob fasste sich. „Wie ist dieser Turner gestorben?"

„Am Fluch der Hexen, Mr Standish", erklärte Hopkins,
als gäbe es keine andere Möglichkeit. „Das gab mir hin-
reichenden Grund, die Hexe Pepys festzunehmen."

Abby fragte scharf: „War Rebecca inhaftiert, als Turner
starb?"

„Die genaue Stunde von Mr Turners Tod ist ungewiss.
Sein Körper war schon kalt, als die Teufelspuppe an seiner
Tür gefunden wurde."

Hopkins fiel auf die Knie, hob die Hände in glühen-
dem Gebet. „Herr, gib mir die Weisheit, Dein Land
von diesen abscheulichen Dämonen zu reinigen, auf dass
sie ihre gerechte Strafe empfangen. Ich flehe Dich an,
beschütze mich auf diesem Weg, denn er erfüllt mich mit
Furcht, doch ich werde ihn nicht verlassen."

Chapter Twenty-Five

Bei Sternenlicht

Als Abby und Jacob das Haus der Pepyses erreichten, war die Nacht hereingebrochen. Aus der Ferne über den Feldern ertönte der Ruf einer Eule, und der klare Himmel zeigte ein funkelndes Gewebe aus Sternen.

Obwohl sie beide es kaum erwarten konnten, das Gärtnerhäuschen auf dem Ravenscourt-Anwesen zu untersuchen, war ihnen noch dringlicher nach Ruhe und Erholung nach den Qualen im Gefängnis. Nicht auszuruhen wäre, da waren sie sich einig, kontraproduktiv – und sie brauchten all ihre Geistesgegenwart.

Außerdem, wie Jacob anmerkte: „Morgen ist der Sabbat. Hopkins, ein frommer Puritaner, wird gezwungen sein zu ruhen und zu beten."

Das verschaffte ihnen einen ganzen Tag zum Handeln, während er es nicht konnte.

Da die Eltern Paulinas so nah beim Gasthaus wohnten, beschlossen die Inquisitoren, bei ihnen nach dem Rechten zu sehen, da ihre Tochter im Gefängnis weilte. Jacob fragte sich, ob sie es aus Güte oder aus Schuldgefühl taten, weil es ihnen bisher nicht gelungen war, ihren Namen reinzuwaschen.

Die Tür der Pepyses war unverschlossen, und so traten sie ein – und waren überrascht, John und Margaret Pepys beim Schmaus von Rindfleisch und Gemüse anzutreffen.

John Pepys erhob sich mit besorgtem Blick. „Was gibt es Neues von unserer lieben Paulina?", fragte er.

„Wir hörten, der Hexenjäger sei angekommen", fügte Margaret hinzu und schob ihren halbvollen Teller von sich. „Wo ist Paulina?"

Jacob musterte ihr noch dampfendes Abendessen. „Ihr seid völlig genesen?", fragte er, mit beinahe ungläubigem Ton.

Die Wangen des Paares hatten wieder Farbe, ihre Augen waren klarer und ihre Stimmen kräftiger. Leben war in ihnen zurückgekehrt.

Die Inquisitoren erklärten Paulinas Situation und den Grund für ihr eigenes erbärmliches Aussehen, wobei sie einige unangenehme Einzelheiten beschönigten. John trat hinter seine Frau und umarmte sie, während sie lauschten.

„Könnt ihr helfen, sie von diesen falschen Anschuldigungen freizusprechen?", fragte er.

„Wir sind die persönlichen Inquisitoren eures Sohnes, Sir", antwortete Jacob. „Wir werden nicht scheitern." Er hoffte, dass man seinem schwindenden Selbstvertrauen nichts anmerkte.

„Ja", stimmte Abby zu, ohne ihre eigene Unruhe zu zeigen.

Jacob staunte über die Genesung von John und Margaret. Noch vor Kurzem hatten sie beide dem Tode geweiht gewirkt.

„Ich halte es für ein Wunder, Mr Standish", sagte John und hob die Augen gen Himmel.

„Seid ihr hungrig?", fragte Margaret.

Jacob dachte, sie hätte ihn nie etwas Besseres fragen können.

Als Mrs Pepys sich in die Küche zurückzog, kam Abby ein Gedanke. „Mr Pepys", begann sie, „kennt Ihr Owen Turner?"

„Ja. Warum fragt ihr?"

Um ihn nicht unnötig zu beunruhigen, erwiderte sie: „Keine große Sache, sein Name fiel nur."

„Er ist ein juristischer Schreiber, der in Huntingdon arbeitet, aber hier im Dorf wohnt. Ein großmäuliger junger Kerl mit einem Ruf als Trunkenbold", erklärte John. „Man sieht ihn oft morgens schwankend ins Büro gehen."

Nicht mehr, dachte Jacob.

Als Margaret mit dem Essen für die Inquisitoren zurückkam, erzählte John, wie er sich bereits am Morgen nach ihrem Rückzug ins Bett besser gefühlt habe. Die Schmerzen in der Brust, die Hustenanfälle, die kalte, klamme Haut – all das sei verschwunden, bis er sich stark genug fühlte aufzustehen. Zu seiner großen Überraschung habe er festgestellt, dass auch Margaret bereits wieder auf den Beinen war und sich sichtbar erholt hatte.

Als Jacob erwähnte, dass auch er kürzlich ähnliche Symptome gehabt hatte, bemerkte er nicht, wie Abbys Augen dabei aufleuchteten.

Chapter Twenty-Six

Eine neue Bedrohung

Abby stand noch vor der Morgendämmerung vor Jacobs Tür und hämmerte dagegen. „Jacob, steht auf, wir haben viel zu tun!" Sie fühlte sich erholt, und ihre Stimme klang geradezu überschäumend.

Beide zogen frische Kleidung an. Jacobs ursprüngliches Reisekostüm aus London war von der Wirtin des Gasthauses gewaschen und gebügelt worden. Es fühlte sich wunderbar an auf seiner Haut nach der nassen, kratzigen Gefängniskluft.

Am Vorabend, auf dem Rückweg von den Pepyses zum Bull, hatten sie noch bei Rebecca Thackers Haus Halt gemacht – auf Abbys Drängen. Jacob wartete geduldig, während sie hineinging. Als sie wieder herauskam, bemerkte er, dass ihre Tasche deutlich schwerer wirkte. Als er sie danach fragte, blieb sie wortkarg. Sie habe eine Vermutung, erklärte sie ihm, nicht mehr; erst müsse sie Gewissheit haben, bevor sie seine Hoffnungen wecke.

Die Inquisitoren frühstückten Bratwürste aus der Region mit Brot und Honig. Jacob hatte seinen Teller geleert, noch ehe Hatty Nettlewood wieder in ihre Küche verschwunden war. Abby konnte ihre letzte Wurst nicht aufessen und sah sich nach dem Hund des Gasthauses um, Rusty, der sonst immer bereit war, ihre Reste zu vertilgen. Da sie ihn nicht sah, rief sie nach Hatty.

Die Wirtin kam eilig herbei. „Abby, Abby, ich bin mit den Nerven am Ende", klagte sie. „Der ungezogene Hund ist seit fünf Tagen verschwunden. Das ist nichts für ihn. Weg war er schon mal, aber nie so lang."

Jacob wartete ungeduldig draußen vor dem Bull, während Abby noch einmal auf ihr Zimmer ging. Als sie zu ihm zurückkehrte, trug sie einen rechteckigen Gegenstand, in Tuch gewickelt, der wie ein Buch aussah. Er fragte nach.

„Die Zeit drängt, Jacob", antwortete sie, ohne weiter auf seine Frage einzugehen. „Wir gehen zum Ravenscourt Manor. Dort trennen sich unsere Wege. Ich habe ein eigenes Ersuchen, während du das Gärtnerhäuschen aufsuchst und nach Hinweisen auf die Identität von Rebeccas mysteriösen Gestalten suchst."

Jacob richtete seine Perücke. „Wollt Ihr mich nicht begleiten?", fragte er.

„Ich habe volles Vertrauen in dich", erwiderte sie und drückte seinen Arm. „Du bist dabei, ein ausgezeichneter Inquisitor zu werden, genau wie mein Meister es wusste. Dein Blick für Spuren übertrifft schon jetzt meinen. Wenn es etwas zu finden gibt, vertraue ich voll darauf, dass du es findest. Habe Vertrauen in dich selbst."

Jacob blickte skeptisch. „Mir wäre wohler, wenn …"

„Komm", unterbrach sie ihn und ging in Richtung Herrenhaus davon.

Er stand noch einen Moment da und sah ihr unbeirrtes Wesen entschlossen dahinschreiten. Wenn ich nur halb so klug wäre wie sie, dachte er.

Kopfschüttelnd und voll stiller Bewunderung trabte er ihr hinterher.

Als sie das Torhaus des Anwesens passierten, konnten sie die düsteren Züge des Dieners Edgar erkennen, der ihnen durch ein riesiges Buntglasfenster hinterher starrte. Jacob schlug vor, die Vordertür zu umgehen: „Man kennt uns hier, und unser Auftrag ist autorisiert." Abby stimmte ihm ohne Zögern zu.

Sie gingen an den Ziergärten vorbei und erreichten den rückwärtigen Flügel des Hauses, in dem Archibald Bramwell wohnte. Laut Rebecca sollte das Gärtnerhäuschen in einem Hain junger Eichen gegenüber dem Trakt des Arztes liegen.

Und tatsächlich. Das Häuschen war ein eingeschossiges Gebäude mit steil geneigtem Reetdach, die Fensterläden geschlossen, rund zweihundert Schritt entfernt über einen Kiesweg, der den Rasen teilte. Sie erinnerten sich, es schon bei ihrem letzten Besuch bemerkt zu haben, damals ohne seine Bedeutung zu erkennen.

Es war an der Zeit, so erklärte Abby, sich zu trennen. „Wir treffen uns im Bull, in ein oder zwei Stunden.“

Jacob wollte noch anmerken, dass keiner von ihnen eine Taschenuhr besaß, als plötzlich Alice Wilkins herangerannt kam, laut rufend und kaum verständlich.

Als sie bei ihnen ankam, hielt die Stallmagd ihnen wütend eine Puppe entgegen. Sie war den anderen ähnlich, duftete ebenfalls nach Lavendel, doch hatte diese lange, aus getrocknetem Gras gefertigte Haare und einen roten Faden um den Hals gebunden – eine weibliche Puppe, aufgehängt am Hals.

„Was soll das?“, fauchte sie, die Puppe drohend schüttelnd.

„Das ist eine Puppe“, sagte Abby, nachdem sie ihre Fassung wiedergefunden hatte. „Eine wurde …“

„Ich weiß, was das ist!“, rief Alice. „Wer wagt es, mir so etwas zu schicken?“

„Wo habt Ihr sie gefunden?“, fragte Abby.

„Auf meiner Türschwelle. Hab sie gefunden, als ich aufstand. Widerliches Ding.“ Wütend warf sie die Puppe in eine nahe Hecke und stapfte davon, während die Inquisitoren sich nur ungläubig ansahen.

„Der Mörder hat ein neues Opfer im Visier", murmelte Jacob und kratzte sich an der Schläfe.

„In der Tat. Aber warum die Stallmagd?"

Als er nur ratlos schwieg, fügte sie hinzu: „Wir müssen schnell handeln. Ab zum Gärtnerhäuschen mit dir, Jacob. Und beeil dich – die Zeit drängt."

Sie sah ihm nach, wie er den Weg hinunterging und die Tür des Häuschens öffnete. Als er darin verschwand, blickte sie ihm noch einmal nach, bevor sie sich in die entgegengesetzte Richtung aufmachte.

Chapter Twenty-Seven

Das Häuschen

Jacob hatte erwartet, dass das Gärtnerhäuschen modrig riechen und seine Möbel von einer dicken Staubschicht bedeckt sein würden, da der vorherige Bewohner schon vor einiger Zeit verstorben war. Doch kaum war er eingetreten, sah er, dass dem nicht so war.

Er öffnete die Fensterläden, um mehr Licht hereinzulassen, und ließ den Blick durch den Raum schweifen. Ein einfaches Holzbett stand in der Mitte, gegenüber einem eiskalten Kamin. Die Kissen waren aus Seide, das Bett mit rotem Samt überzogen. Kaum das Lager eines alten Gärtners, dachte Jacob.

Der Küchenbereich am anderen Ende wirkte makellos sauber und unbenutzt. Die weiß getünchten Wände waren kahl, bis auf einen feinen Wandteppich mit Blumenmuster rechts vom Bett. Daneben stand ein Tischchen mit gedrechselten Beinen und einem Spiegel. Links vom Bett herrschte Schlichtheit: nur eine schlichte Holztruhe lehnte an der Wand.

Was wollte ihm diese Szene sagen? *Denk nach, Jacob!* mahnte er sich. *Du bist ein Inquisitor. Das hier ist dein Metier.*

Plötzlich fiel es ihm wie Schuppen von den Augen: Die eine Seite war von einem Mann bewohnt, die andere von einer Frau. Rebeccas Gestalten im Mondlicht … *Sie waren tatsächlich ein Paar gewesen.*

Er öffnete die kleine, flache Schublade unter dem Frauentischchen. Darin lag ein Flakon Parfum, offenbar noch voll. Er zog den Korken, schnupperte – der Duft war unverkennbar: Sandelholz und Minze.

Jacob umrundete das Bett, um die Truhe zu inspizieren. Sie fühlte sich enttäuschend leer an, als er den Deckel hob. Doch als er hineinsah, entdeckte er ein einzelnes, zusammengefaltetes, weißes Seidentaschentuch. Er entfaltete es, spürte die weiche Seide auf seiner Handfläche und erblickte in einer Ecke ein gesticktes Initial: B.

Bulstrode Bennett! Wer sonst? Initiale und Parfum – Bennetts Lieblingsduft – waren unverkennbar. *Also war Bennett in eine heimliche Affäre verstrickt?* Er konnte es sich lebhaft vorstellen, bei diesem arroganten Kerl.

Doch mit wem?

Zwei Frauen im Dorf trugen diesen Duft: Helen Bennett – Bennetts Ehefrau, wenn auch unglücklich verheiratet – und … Alice Wilkins.

Wilkins und Bennett? War das möglich? Das würde ihre Silberkette und das Seidentuch erklären – Geschenke, sicher, denn eine Stallmagd konnte sich solche Luxusgüter kaum leisten.

Es gab nur einen Weg, das herauszufinden: die Frau zur Rede stellen. Dafür brauchte er Abby Harcourts Hilfe nicht! Er würde die Sache selbst aufklären, wie er es sich immer erträumt hatte. Natürlich würde er seiner Mit-Inquisitorin anschließend genug Lob zollen, die hier und da einen Beitrag geleistet hatte.

Jacobs Tagtraum zerplatzte jäh, als er sich dem Ravenscourt-Stalltrakt näherte und eine weibliche Gestalt auf einem Pferd entdeckte, die in Richtung Huntingdon davonjagte.

Der Reiter, das konnte er deutlich erkennen, war Alice Wilkins.

Chapter Twenty-Eight

In den Kampf

Jacob betrat The Bull und fand Abby bereits am Tisch sitzend, die sofort aufsprang, als sie ihn erblickte.

„Was hast du herausgefunden?", fragte sie ungeduldig. „Setz dich. Erzähl mir alles, Jacob, und sei rasch. Wir haben andernorts dringend zu tun."

Barty Nettlewood stellte ihm ein halbes Pint Bier hin und dazu Brot und Käse. Als er Abbys Humpen auffüllen wollte, hob sie nur die Hand und schüttelte den Kopf. Zu Jacobs Entsetzen schickte sie auch das Essen zurück.

„Iss rasch, Jacob", wies sie ihn an.

Vom Hund Rusty war immer noch keine Spur.

Als Jacob seine Entdeckungen ausbreitete — Bennetts Affäre mit der Stallmagd, Silberkette und Seide als Indizien —, zeigte Abby sich weder so begeistert noch so beeindruckt, wie er gehofft hatte.

„Wir sollten uns hüten, voreilige Schlüsse zu ziehen", entgegnete sie.

„Aber ... das eingestickte B?"

„Es könnte für Bramwell stehen", entgegnete sie und deutete dann auf den Wirt. „Oder Barty Nettlewood. Was, wenn unser Paar nicht Bulstrode und Alice ist, sondern Bramwell und Helen? Oder Barty und Alice? Oder Barty und ..."

Jacob hob die Hand, um sie zu stoppen, und senkte den Kopf.

Abby legte ihm die Hand auf den Rücken seiner. „Nein, du hast recht, Jacob. Am wahrscheinlichsten ist in der Tat der Magistrat, der sich solche Mühe gibt, unsere Ermittlungen zu behindern. Wenn dem so ist, müssen wir uns fragen: Wie hängt diese Affäre mit den Bramptoner Hexenmorden zusammen? Komm!"

Sie sprang auf und war zur Tür hinaus, ehe er protestieren konnte. Den Rest seines Bieres kippte Jacob in einem Zug hinunter, winkte Barty kurz zu und folgte ihr.

Der Wirt brachte gerade noch ein „Ihr habt noch nicht ... bezahlt!" heraus, als die Tür hinter ihnen ins Schloss fiel.

Zum ersten Mal hatte Jacob Mühe, mit Abby Schritt zu halten, die schneller rannte, als er sie je gesehen hatte, und an der Kirche vorbei auf die T-Kreuzung zusteuerte. „Wohin gehen wir?", rief er ihr hinterher, bekam aber keine Antwort.

Er holte sie schließlich ein, als sie vor dem Pfad zum Haus der Bennetts anhielt und Atem schöpfte.

„Warum … sind wir hier?", fragte Jacob keuchend.

Abby klopfte heftig an die Tür. „Simon Hopkins ist hier, als Gast des Magistrats."

Der Diener Benjamin öffnete, doch noch ehe er ein Wort sagen konnte, erschien Bulstrode Bennett selbst und scheuchte ihn fort. Seine Garderobe war nicht weniger prunkvoll als am Vortag — die obligaten Bänder und Perlen hingen da —, nur war das Farbschema heute purpur mit silbernen Verzierungen.

Der hagere Mann musterte die Inquisitoren voller Verachtung. „Wann kehrt ihr endlich nach London zurück?", fauchte er. „Ihr seid genug gewarnt worden."

Mit Jacob, der drohend hinter ihr stand, ließ Abby sich nicht einschüchtern. „Wir verlangen eine Unterredung mit Mr Hopkins", erwiderte sie fest.

„Da seid ihr leider falsch informiert. Mr Hopkins ist nicht hier", entgegnete Bennett. „Er verhört die Hexen in der Dorfhalle."

„Aber heute ist der Sabbat!", rief Jacob empört.

Bennett lächelte selbstzufrieden. „Der Hexenjäger hat seinen Frieden mit Gott gemacht. Ich schlage vor, ihr nehmt es mit ihm auf, nicht mit mir."

Die Tür schlug krachend zu.

„Er arbeitet am Sonntag!", rief Jacob aus.

Abby biss sich auf die Lippe. „Er hat uns ausgetrickst, Jacob. Wir dürfen keine Zeit verlieren."

Sie waren vor wenigen Minuten an der Dorfhalle vorbeigekommen und konnten sie von ihrem Standpunkt aus sehen, umgeben von Bäumen und in Schatten gehüllt.

„Wie wagt Ihr es, meinen Glauben in Frage zu stellen!", donnerte der Hexenjäger, als Jacob seine Entscheidung, am Sabbat zu arbeiten, hinterfragte. „Meine Aufgabe ist des Herrn Aufgabe: das Böse auszurotten, wo immer es wuchert. So ehre ich ihn selbst an diesem heiligen Tag."

Hopkins wurde zunehmend verzweifelt, was ihn nur gefährlicher machte.

Paulina und Rebecca saßen noch immer an ihrem Platz, noch verzweifelter, verängstigter und niedergeschlagener als zuvor. Pepys' Schwester hob nicht einmal den Kopf, als sie den Saal betraten; Rebecca warf ihnen nur einen flüchtigen, kläglichen Blick zu. Es war offensichtlich, dass keine der beiden geschlafen hatte.

Zu ihnen hatten sich zwei weitere Frauen gesellt, die den Inquisitoren fremd waren. Dass diese Frauen nicht verhört wurden, war offensichtlich; ihr Gesichtsausdruck war noch unverbraucht, und ihre Kleidung wirkte verhältnismäßig frisch. Die eine war im späten Teenageralter, die andere Mitte dreißig. Die Jüngere starrte auf den

Boden. Beide trugen bäuerliche Kleidung: Leinen-
kleid mit Schürze und weiße Baumwollhaube.

Hopkins sprach: „Kennt Ihr Dorothy und Eleanor
Brooks?"

Als Abby und Jacob den Kopf schüttelten, fuhr er
fort: „Mutter und Tochter. Sie sind …"

Die Jüngere der beiden warf Abby einen schuldbe-
wussten Blick zu.

„Sie sind Eure Beobachterinnen, Mr Hopkins", warf
Abby ein. „Eure Arbeit hier grenzt an Folter, Sir."

Der Hexenjäger legte eine behandschuhte Hand auf
Paulinas Schulter, und sie zuckte zusammen.

„Meine Arbeit hier ist des Herrn Werk, Abigail",
entgegnete er gelassen. „Ihr werdet nichts Unrecht-
es finden. Magistrat Bennett wird mich darin unterstützen."

Es war Zeit, dass Abby ihre Karte ausspielte.

Sie griff in ihre Tasche, zog ein gefaltetes Pergament
heraus und hielt es Hopkins hin. Er blieb misstrauisch
stehen und strich sich über den Bart.

„Nehmt es, Mr Hopkins", sagte sie. „Es ist eine
Erklärung, unterzeichnet vom Leibarzt Lord Fairfax',
Archibald Bramwell."

Der Hexenjäger betrachtete sie wachsam, nahm
dann das Pergament und entfaltete es.

„Darin heißt es, dass John und Margaret Pepys nicht
Opfer eines Hexenfluchs …", begann Abby.

Rebecca schaffte es, den Kopf zu heben, ihre schlaflosen Augen auf Abby gerichtet.

„… sondern unwissentlich Opfer einer Bleivergiftung wurden.“

Hopkins brach in spöttisches Gelächter aus. Abby redete einfach über ihn hinweg und erklärte die Folgerungen des Schreibens laut.

Der Schlüssel zu ihrer Schlussfolgerung, erklärte sie, war Jacobs Krankheit gewesen. Seine Symptome – kalte Hände, Husten, Kurzatmigkeit, unter anderem – waren dieselben wie bei John und Margaret Pepys. Das hatte Abby ins Grübeln gebracht: *Was hatten sie und Jacob gemeinsam? Aßen sie dasselbe, oder hielten sie sich in denselben schlechten Räumen auf?*

Dann war es ihr eingefallen: Sie trugen dieselben gelben Untergewänder, hergestellt von derselben Schneiderin, gefärbt mit demselben Farbstoff. „Was, wenn dieser Farbstoff eine schädliche Substanz enthielt?“, fragte Abby, „die unbemerkt von der Frau, die ihn mischte – Rebecca Thacker – Krankheiten verursachte?“

Hopkins' Lachen verstummte. Nun galt Abby die volle Aufmerksamkeit aller Anwesenden.

„Dieses gelbe Pigment kaufe ich bei einem Apotheker in Cambridge“, erklärte Rebecca ihr. „Dann mische ich es mit anderen, die ich selbst herstelle. Es ist kein Gift.“

„Sicher sein kannst du dessen nicht", entgegnete Abby. „Ich ebenfalls nicht, da ich nichts von der Zusammensetzung der Farbstoffe verstand. Doch dann erinnerte ich mich an das Buch, das wir auf unserer Reise hierher erhalten haben."

Jacob schlug sich aufs Bein. „Das Buch über Farbstoffe von Humphrey Worthington!"

Hopkins schnaubte verächtlich.

„Das Buch über Farbstoffe von Humphrey Worthington", wiederholte Abby, nun sichtlich Gefallen an ihrer Rolle als Inquisitorin findend. *„Von Farben und Färben: Ein ausführliches Kompendium der Kunst und Wissenschaft des Färbens von Stoffen mit zahlreichen Rezepturen zum Färben von Wolle* und so weiter, um nur einen Teil seines Titels zu nennen."

Worthingtons Text untermauerte ihre Theorie, wie sie erklärte. Doch sie wusste, dass sie einen Arzt brauchte – idealerweise einen, der sich mit Giften auskannte –, um diese zu bestätigen. So hatte sie, während Jacob anderweitig beschäftigt war, Archibald Bramwell aufgesucht.

Abby berichtete, dass sie den speziellen gelben Farbstoff zu ihm gebracht hatte, nachdem sie am Vorabend ein Glas davon in Rebeccas Hütte gefunden hatte. Bramwell habe ihn getestet und bestätigt, dass er Blei enthalte, was bei längerer Berührung einen Menschen vergiften könne. Die Pepyses trugen ihre gelben Untergewänder regelmäßig, und Jacob hatte sogar in seinem

Hemd geschlafen, das auf der Haut klebte – das habe Abbys Theorie bestätigt.

„In der Tat", schloss sie, und deutete auf das Schreiben in der Hand des Hexenjägers, „Bramwell hat es unterzeichnet."

Hopkins starrte finster auf die Erklärung des Arztes, die Stirn in tiefe Falten gelegt, und kochte innerlich vor Wut. Rebecca beobachtete seinen Gesichtsausdruck aufmerksam; Paulina rührte sich noch immer nicht.

„Und was ist mit dem Fluch über Grimstons Feldern?", sagte Hopkins schließlich. „Oder dem Tod Grimstons selbst? Damit widerlegt Ihr die Hexerei in diesen Fällen nicht."

Jacob ergriff das Wort, im Bewusstsein, dass die Situation nun seine Autorität erforderte. „Abigail Harcourt hat Eure Anklage gegen die Tuchhändlerin Rebecca Thacker ins Wanken gebracht. Der Leibarzt Lord Fairfax' selbst erklärt, dass John und Margaret Pepys durch Blei vergiftet wurden und nicht – wie Ihr behauptet – durch Hexerei darniederlagen. Das würde sich in einem Prozess gegen die Frau nicht gut ausnehmen."

Hopkins lächelte höhnisch. „Vergesst Ihr Bulstrode Bennett, Mr Standish?"

„Vergessen Sie den Obermagistrat Sir Edward Mallory, Mr Hopkins?" konterte er.

Bulstrode hatte Hopkins vor Mallory gewarnt: Der Senior-Magistrat zog ein ruhiges Leben ohne Aufsehen vor und würde sie in Ruhe lassen, solange Hopkins' Untersuchung reibungslos verlief. Hopkins wusste, dass er Mallorys Einmischung nicht riskieren durfte.

Der Hexenjäger knallte wütend seinen Stab auf den Boden. „Sehr wohl!", brüllte er. „Ich werde die Tuchhändlerin freigeben ..."

Rebecca schnappte nach Luft, vergrub ihr Gesicht in den Händen und brach in Tränen aus. Selbst Paulina schaffte es, ihren Kopf in Richtung ihrer Freundin zu drehen, auch wenn sie nicht die Kraft aufbrachte, zu lächeln.

Doch Hopkins war noch nicht fertig. „... Doch die Hexe Pepys bleibt hier. Denn heute Nacht wird sie ihre Dämonen beschwören."

Chapter Twenty-Nine

Ein Paar Bier

Die Inquisitoren waren zurück im Bull. Sie genossen die sanfte Behaglichkeit des Gasthauses, so weit entfernt vom Lärm und der Derbheit eines Londoner Wirtshauses. Sie hatten den exzentrischen Wirt und seine Frau ins Herz geschlossen. Auch das Essen war vorzüglich. Beide hatten bemerkt, wie der stete Zugang zu frischen ländlichen Produkten den Geschmack merklich verbesserte.

Da es Sonntag war, blieb die Tür des Gasthauses wie üblich geschlossen. Doch da sie Gäste waren und Barty Nettlewood kein Sklave der Frömmigkeit, wurde ihnen zu ihrem Abendessen Bier serviert. Als Jacob nachschenken ließ, verriegelte Barty die Haustür und kam seiner Bitte nach.

Es war ein ermutigender Tag gewesen, nun da eine der sogenannten Brampton-Hexen frei war. So berauschend und bestätigend es war, konnten weder Abby noch Jacob den Verdacht abschütteln, dass sie vielleicht die falsche

Frau zuerst befreit hatten. Samuel Pepys hatte sie damit beauftragt, seine Schwester zu retten.

Wenn Simon Hopkins seine Chancen auf eine erfolgreiche Hexenjagd schwinden sah, würde er unbesonnener und rücksichtsloser werden – und sich ganz auf Paulina konzentrieren. Die unglückliche Frau schien bereits jetzt völlig gebrochen.

„Wir haben Simon Hopkins besiegt", versicherte Jacob Abby, in feierlicher Stimmung.

Sie blieb zurückhaltend. „Wir sollten ihn nicht unterschätzen, Jacob. Jetzt, da Rebecca seinen Klauen entkommen ist, wird er sich gebärden wie ein gereizter Bär. Das ist äußerst besorgniserregend."

„Dann müssen wir Paulinas Unschuld beweisen!", erklärte Jacob.

„Genau das versuchen wir, seit wir in Brampton sind", entgegnete sie. „Und ich frage mich: sind wir dem Ziel wirklich nähergekommen?"

Jacob schob sein grinsendes Gesicht zu ihrem. „Dein Auftritt heute! Du hast Hopkins wie ein Insekt in der Hand gehalten und zerquetscht!"

Sie wich vor seinem biergetränkten Atem zurück. „Genau das ist es, was mir Sorgen bereitet, Jacob. Er wird eine Niederlage nicht einfach hinnehmen."

„Aber Abby, du bist eine Inquisitorin! Mr Samuel Pepys' Inquisitorin! Bald wird man uns im ganzen Land bewundern!"

„Nein, Mr Standish. Ich bin eine Dienstmagd. Die Dienstmagd von Master Pepys. Und das werde ich immer bleiben."

Verwirrt änderte er seine Taktik. „Dann sag, wie wir beweisen können, dass Bennett der Mörder ist?"

„Du gehst davon aus, dass er es ist."

„Zweifellos ist er es!"

Jacob zählte das verdächtige Verhalten des Magistrats auf: dass er sie hatte einsperren lassen, um ihre Nachforschungen zu behindern; seine wahrscheinliche Affäre mit Alice Wilkins; sein merkwürdiges Desinteresse an dem, was sich als Goddie Grimstons Todeskampf entpuppte …

Abby ertappte sich dabei, wie sie einstimmte. „Dass er in der Nacht von Goddies Tod anwesend war, macht ihn zu einem Hauptverdächtigen. Und dann ist da noch die Tollkirsche, den du neben seinem Stall wachsen sahst …"

In der trunkenen Dunstwolke von Bartys Bier begann selbst sie, überzeugt zu sein.

Chapter Thirty

Der Morgen danach

Abby erwachte vom Prasseln des Regens an der Fensterscheibe. Ihr Kopf dröhnte. Verfluchtes Ale, dachte sie und war überrascht, Jacob bereits auf den Beinen zu hören.

„Geweckt von einem höllischen Hahn!", verkündete er, was ihr ein mildes Schmunzeln entlockte.

Sie verzichteten auf das Frühstück – auch wenn beide dringend etwas zu essen gebraucht hätten – und machten sich wortlos und in aller Eile auf den Weg zum Dorfsaal. Der Regen war heftig, dunkle Wolken hingen tief, und das Vieh drängte sich auf den Feldern zusammen.

Beunruhigend war, dass die Tür des Saales weit offenstand, als sie sich näherten.

Drinnen trafen sie den Hexenjäger, der mit seinen Wächterinnen Dorothy und Eleanor Brooks sprach. Beide hatten dunkle Ringe unter den Augen und wirkten völlig am Ende ihrer Kräfte.

Eine weiße Katze – Sugar, die Katze der Pepyses – lag zusammengerollt auf dem Fenstersims und beobachtete das Geschehen mit schmalen Augen.

Simon Hopkins breitete die Arme aus, als Abby und Jacob eintraten. „Die geschätzten Inquisitoren des Herrn Samuel Pepys!", rief er, die Stimme triefend vor Sarkasmus. „Euer Herr ist soeben abgereist."

Sie warfen sich Blicke zu. „Mr Pepys war hier?", fragte Jacob überrascht.

„In der Tat. Und zutiefst erschüttert", erwiderte der Hexenjäger, voller geheuchelter Aufrichtigkeit.

„Warum, Sir?", verlangte Jacob zu wissen.

„Habt ihr es nicht gehört? Letzte Nacht gestand seine Schwester Hexerei, nachdem sie ihr abscheuliches Tier herbeigerufen hatte." Hopkins deutete auf die Katze.

Die junge Eleanor Brooks wagte, leise zu widersprechen. „Er hat sie geholt", sagte sie. „Sie hat sie nicht beschworen."

Der Hexenjäger hob drohend die Hand, und das Mädchen duckte sich. „Schweig, Gotteslästerin! Willst du der anderen Hexe ins Gefängnis folgen?"

Jacob trat auf Hopkins zu, der seinem Blick standhielt. „Paulina Pepys sitzt im Gefängnis?"

Hopkins' Lippen verzogen sich zu einem höhnischen Grinsen. „Sie ist eine Hexe, Sir, und hat mit ihren verfluchten Dämonen gemordet. Wo sollte eine Hexe sonst sein? Ein Bote ist zu Magistrat Bennett unterwegs, der wird sogleich erscheinen und ihr Verfahren in die Wege leiten."

Jacob richtete sich auf. „Paulina Pepys ist keine Hexe. Wir haben guten Grund zu der Annahme, dass Grimston vom Magistrat selbst ermordet wurde – von Bulstrode Bennett."

Hopkins brach in schallendes Gelächter aus, seine Wächterinnen stimmten halbherzig ein. Nur Abby und Jacob blieben ernst.

Abby stampfte wütend mit dem Fuß auf und sprach über das Lachen hinweg. „Wenn Ihr doch nur zuhören würdet …?"

Jacob packte ihren Arm. „Wo ist Mr Pepys?"

Im selben Moment verstummte das Gelächter, und der Blick des Hexenjägers richtete sich auf den Eingang. Dort stand ein Junge, patschnass vom Regen.

„Mein Bote!", verkündete Hopkins. „Nun sag, wo ist Magistrat Bennett, Junge? Ich schickte dich, ihn zu holen!"

Das Kind streckte eine Strohpuppe vor. „Man fand ihn heute Morgen tot in seinem Stall, Sir. Seine Frau fand diese Puppe an der Tür. Magistrat Bennett ist tot, Sir."

Als sie ihre Fassung wiedergewonnen hatten, argumentierten die Inquisitoren, dass Paulina unmöglich für

Bennetts Tod verantwortlich sein könne – schließlich sei sie zur Tatzeit im Gefängnis gewesen.

Der Hexenjäger jedoch, seiner mächtigen Stütze beraubt, weigerte sich zuzuhören. Er wetterte über Dämonen und Teufel, Gott und Jesus Christus. Es gab kein Gegenargument, nur den gesunden Menschenverstand – doch den wollte er nicht hören.

„Du sollst die Hexe nicht am Leben lassen!", rief Hopkins und hob seinen Stab gen Himmel.

Den Inquisitoren blieb nichts anderes übrig, als ins Bull zurückzukehren, um zu planen.

Dort trafen sie Samuel Pepys.

Chapter Thirty-One

Nahe der Hysterie

M r Pepys war in einem erbärmlichen Zustand, seine feine Kleidung vom Regen durchnässt und seine Stimmung nervös. Abby hatte ihren Herrn noch nie so verstört erlebt.

„Wo seid ihr gewesen?", klagte er, als sie das Bull betraten.

Er habe über Nacht auf einem gemieteten Pferd nach Brampton geritten, erzählte er ihnen mit einem Tonfall, der kaum verhohlene Hysterie verriet. Es habe eine Ewigkeit gedauert, bis er hier angekommen jemanden habe wecken können, als er in den frühen Morgenstunden im Gasthof eintraf. Den Inquisitoren fiel mit schlechtem Gewissen ihr tiefer, alebedingter Schlaf ein.

Schließlich hatte er Barty Nettlewood geweckt, der ihm von Paulinas Verhör durch den Hexenjäger im Dorfsaal berichtet hatte. In Panik war er sofort dorthin geritten.

„Obwohl ich mich nach Kräften wehrte, war es vergeblich", sagte Pepys.

Hopkins stellte offenbar Gott stets über den Schreiber des Navy Boards.

Als ihm klar wurde, dass ihm nur der Weg zu einer höheren Instanz blieb, so erzählte er weiter, ritt er nach Huntingdon, um den Rat von Sir Edward Mallory einzuholen. Da er ihn nicht wecken wollte, musste er warten, bis der Senior-Magistrat aufstand und ihm eine Audienz gewährte.

Mallory erklärte sich schließlich nach einigem Zureden bereit, am Nachmittag in den Dorfsaal von Brampton zu kommen, damit beide Seiten ihre Argumente vorbringen konnten. Er warnte Pepys jedoch, dass der Bramptoner Magistrat in seinem Dorf die letzte Autorität habe. Mallory könne nur einschreiten, wenn das Gesetz verletzt werde.

„Und hier bin ich nun", schloss Pepys, während er sich die Hände rang. „Verzweifelt auf der Suche nach guten Nachrichten aus eurer Untersuchung."

Jacob ergriff das Wort, ohne seinem Mentor in die Augen zu sehen. „Der Bramptoner Magistrat, Bulstrode Bennett, ist tot, Sir."

Pepys' Mund stand offen. „Tot? Wann ist das geschehen?"

„Heute früh." Jacob errötete vor Verlegenheit. „Leider konnten wir nicht…"

Abby fiel ihm ins Wort: „Sir, ich habe einige Theorien. Was wir dringend benötigen, ist…"

Hatty Nettlewoods schriller Schrei von draußen unterbrach sie.

Die drei eilten hinaus und fanden die Wirtin, wie sie entsetzt auf einen Holzschuppen zeigte. „Er ist da drin!", schluchzte sie und verbarg ihr Gesicht in der Schürze.

„Wer ist da drin, Hatty?", fragte Abby und legte ihr den Arm um die Schultern.

„Rusty!", rief sie. „Und er ist tot! Sieht so aus, als läg' er da schon tagelang!"

Abby ließ die schluchzende Hatty zurück und stürzte in den Schuppen.

Vielleicht, hoffte sie, war dies endlich der Durchbruch, auf den sie so lange gewartet hatte…

Chapter Thirty-Two

Das Entwirren

In Brampton sprach es sich schnell herum, dass im Dorfsaal ein Spektakel stattfand. Der Saal war brechend voll, als die Inquisitoren und Mr Pepys eintrafen. Constable Ward bewachte die Tür und wies Nachzügler ab, doch als er Abby und Jacob sah, trat er sofort beiseite — zu gut kannte er ihre Schlüsselrolle in diesen Angelegenheiten.

Als Pepys folgte, musterte Ward die teure, wenngleich durchnässte Kleidung des Herrn. „Verzeiht, Sir ..." Dann erkannte er den regelmäßigen Brampton-Besucher und rief: „Mr Samuel Pepys! Es ist mir ein Vergnügen, Sir, euch ..."

Doch Pepys drängte sich ohne ein Wort an ihm vorbei, nicht in der Stimmung für Höflichkeiten.

Das gespannte Gemurmel im Raum bildete ein stetes, dumpfes Rauschen in den Ohren der Neuankömmlinge. Ein Halbkreis aus zusammengewürfelten Schemel stand in der Mitte des Saals, gerichtet auf einen prunk-vollen Armlehnsessel, in dem Sir Edward Mallory, der Senior-Magistrat, saß. In einen pelzgefütterten, königsblauen Talar gehüllt und mit frisch gepuderter, grauer Langperücke, blickte er mit einem Anflug von Abscheu in die Menge.

Im Halbkreis saßen: Archibald Bramwell, die Wächterinnen Dorothy und Eleanor Brooks und die angeklagte Paulina Pepys, wodurch zwei Schemel frei blieben. In der Mitte stand der Hexenjäger Simon Hopkins, streng und trotzig. Kaum hatte er Abby und Jacob durch die Menge drängen sehen, wich sein Blick nicht mehr von ihnen.

Rings um diese Szene drängten sich die Dörfler: ein Meer schmutziger Gesichter, unter Hüten und Häubchen, die sich reckten, um besser sehen zu können.

Auch Mallory entdeckte die Inquisitoren und befahl ihnen, die beiden freien Plätze einzunehmen. Als er sah, dass Pepys folgte, bedeutete er ihm, hinter ihnen zu stehen, und scheuchte ihn immer weiter zurück. Erst als Pepys, wie ein Schornsteinfegerlehrling in der Enge zwischen den nach Stall riechenden Dorfbewohnern eingekeilt war, schien Sir Edward zufrieden.

Pepys verzog das Gesicht, ungewohnt, am Rande zu stehen. Sein Blick wurde weicher, als er den seiner Schwester auffing. Paulina, inzwischen wieder mit Nahrung versorgt, hatte etwas von ihrem Geist und ihrer

Farbe zurückgewonnen, doch die Qualen standen ihr weiter ins Gesicht geschrieben.

Jacob ließ den Blick durch den Saal schweifen und entdeckte die Stallmagd Alice Wilkins, die hinter Bramwell stand. Einige Reihen dahinter sah er Anne Grimston, halb verdeckt von einem Mann mit unnötig hohem Hut. Er konnte erkennen, wie sie mit dem Mann stritt, bis sie ihm den Hut vom Kopf riss und ihn über die Köpfe der Menge warf.

Am hinteren Ende der Zuschauer, in der Nähe der Tür, bemerkte Jacob Barty Nettlewood, mit seiner allgegenwärtigen Augenklappe, wie er sich reckte, um besser zu sehen, und winkte ihm. Als Abby ihn anstieß, hörte er damit auf. Der Wirt hatte ihn ohnehin nicht bemerkt.

Mallory klopfte dreimal mit seinem silberbeschlagenen Stock auf den Boden, um die Aufmerksamkeit aller zu gewinnen. Als das nichts bewirkte, ließ Hopkins seinen Stab krachen und donnerte: „Ruhe!" Sofort breitete sich Stille aus, alle Augen richteten sich auf den Hexenjäger.

…auch Mallorys. Der Senior-Magistrat fixierte Hopkins mit strengem Blick, und die Menge hielt kollektiv den Atem an.

„Simon Hopkins, ich bin der Senior-Magistrat von Huntingdonshire", intonierte Mallory fest. (Den meisten fiel auf, dass er Hopkins nicht mit ‚Mr' ansprach, wodurch er unmissverständlich die Rangordnung klarmachte.) „Der tragische Tod des Bramptoner Magistrats Bulstrode Bennett verleiht euch keinerlei Zuständigkeit für diese Angelegenheiten."

Alle Blicke wanderten zu seinem Widersacher. „Mit allem gebotenen Respekt, Sir Edward", entgegnete Hopkins ruhig, „antworte ich nicht dem Gesetz, sondern dem Allmächtigen selbst, der mich berufen hat, das Böse dort auszurotten, wo es gedeiht. So ehre ich ihn, Sir, auch an diesem Tag, indem ich diese gottlose Hexe vorführe." Hopkins deutete mit seinem Stab auf Paulina, die den Kopf senkte und sich wegduckte. Lautes Gemurmel brach aus.

Mallory sprang auf, die Narbe auf seiner Stirn pulsierte regelrecht. „Ihr werdet euch dem Gesetz dieses Landes beugen, Simon Hopkins, und mir Rede und Antwort stehen!"

Hopkins ließ sich nicht einschüchtern. Er spürte den Geist seines Vaters durch sich strömen. „Sir, ich hätte die Dinge nicht in meine Hände nehmen müssen, hätten die Männer des Gesetzes den Mut, das Böse zu stellen, wo es sich verbirgt. So, fürchte ich, gedeihen die Hexen."

Des Senior-Magistrats Wange zuckte vor Ärger. „Wenn Ihr weiterhin so tut, als hättet Ihr unumschränkte Vollmacht, *Simon Hopkins*, findet Ihr Euch bald in einer Zelle wieder — allein mit dem Allmächtigen, dem Ihr zu antworten habt!", donnerte er.

Der Hexenjäger lächelte nur. „Des Herrn Urteil ist schnell, Sir Edward. Wenn Ihr seinen Willen verwehrt, werdet Ihr dafür büßen. Denn seine Macht ist größer als jedes Gesetz dieses Landes."

Mehrere Zuschauer klatschten Beifall.

Jacob sah Abby an und schüttelte den Kopf.

Weiter hinten biss Samuel Pepys sich auf die Zunge.

Dieses juristische Hin und Her zog sich hin, Mallory kurz vor dem Siedepunkt, sein Widersacher unheimlich gelassen. Am Ende blieb Sir Edward keine rechtliche Wahl, als Hopkins anzuhören und ihn seinen Fall vortragen zu lassen.

So begann die Anhörung.

Der Hexenjäger schilderte zunächst sein eigenes Zutun: den Besuch des Bramptoner Magistrats, den Hexenfluch auf Goddie Grimston und dessen daraufhin verdorbene Ernte. (Beide Inquisitoren bemerkten, dass er den Namen Rebecca Thacker dabei geflissentlich verschwieg.)

Hopkins erinnerte weiter daran, wie Goddie eine Hexenpuppe vor der Tür gefunden habe. Später, so behauptete er, sei der Bauer von einem gewaltsamen Anfall – der Fluch in Person – heimgesucht worden, der ihn getötet habe.

Der Hexenjäger legte die Hände auf Paulinas Schultern. Tränen traten ihr in die Augen und liefen über ihre Wangen.

Er fuhr fort: „Diese Hexe hat mit dem Teufel selbst kommuniziert, durch ihren Dämonenvertrauten Sugar, den sie vor meinen Augen und in Anwesenheit dieser beiden frommen und rechtschaffenen Zeuginnen, Dorothy und Eleanor Brooks, beschworen hat."

Die eingeschüchterten Frauen nickten nur ehrfürchtig.

Im Dorfsaal erhob sich aufgebrauntes Gemurmel, die Menge schwankte und drängte, manche hinten versuchten sich gar nach vorn zu kämpfen, um zu Paulina zu gelangen.

Mitten im Tumult erhob sich Abby Harcourt.

Hopkins grinste spöttisch und schüttelte den Kopf, als sei sie ein törichtes Kind. Jacob flüsterte rasch ein Gebet.

„Ruhe!", schallte es plötzlich. Es war Samuel Pepys selbst.

Erschrocken von seiner Heftigkeit, gehorchte der Pöbel ohne Murren.

Sir Edward sprach: „Ich danke Euch, Mr Pepys. Doch seid versichert, ich bin sehr wohl imstande, meine eigene Anhörung zu leiten."

Pepys nickte kleinlaut.

Der Senior-Magistrat fuhr fort: „Nun, Abigail Harcourt, Inquisitorin im Dienste von Mr Pepys. Sprecht."

Abby blickte in die elenden, erwartungsvollen Gesichter um sich und fragte sich kurz, wie sie an diesen Punkt gelangt war.

Mit einem raschen Blick zu Jacob begann sie: „Sir Edward, es ist mein Glaube, und der meines Mitinquisitors Mr Jacob Standish, dass Goddie Grimston nicht das Opfer eines Hexenfluchs wurde."

Ein Keuchen ging durch den Saal. Hopkins murmelte etwas vor sich hin.

„Goddie Grimston wurde vergiftet, Sir."

Ein Aufschrei brach los.

Als der Tumult sich schließlich legte, fuhr sie fort: „Ich habe kürzlich den Hund des Bull, Rusty, untersucht, der am Morgen nach Goddies Tod verschwunden war. Das arme Tier hatte sich hinter Fässern verkrochen, wo es starb, mit weit aufgerissenen Augen und Schaum vor dem Maul. Dasselbe Schicksal wie der Bauer. Beide wurden mit Belladonna vergiftet, Sir. Tollkirsche."

Eine Stimme rief: „Wer hat sie denn vergiftet?"

„Goddie Grimstons letzte Worte waren: ‚The b…'. Magistrat Bennett, *der in das Verbrechen verstrickt war*…" Abby musste eine neue Welle von Zwischenrufen und Empörung abwarten. „Magistrat Bennett, der in das Verbrechen verstrickt war, behauptete, Grimston habe ‚The Brampton witches' sagen wollen. Wir, mein Mitinquisitor und ich, glaubten, er wollte ‚The beer‘ sagen, und dass dieses vergiftet sei.

„*Sir, wir alle lagen falsch.*“

Die Spannung war greifbar, als die Menge kollektiv den Atem anhielt.

„Wer hat ihn getötet?“, rief jemand.

„Ja!“, pflichteten viele bei. „Wer?“

Abby rollte die Schultern. „Goddie Grimstons letzte Worte waren nicht ‚The Brampton witches‘, sondern ‚The bread‘. Barty Nettlewood reicht es jedem Gast, und Goddie und seine Frau aßen es an jenem Abend. Goddie bemerkte noch die Bitterkeit des Giftes in seinem Laib, doch zu spät. Nach dem Schock seines Todes wurden die Reste weggeworfen, wo der arme Rusty sie auflas und dasselbe Schicksal erlitt.“

Simon Hopkins nahm seinen Hut ab und fuhr sich mit den Fingern durchs schwarze Haar. „Sie versucht, dem Herrn seine Rache zu verwehren und wird in den Flammen der Hölle brennen! Der Beweis für Hexerei liegt offen vor aller Augen!“

Sir Edward beachtete ihn nicht und beugte sich vor. „Erklärt, Abigail Harcourt: Wer hat dieses vergiftete Brot gebacken?“

„Wir rochen noch an jenem Nachmittag ihren Backofen“, antwortete Abby in völliger Stille. „Sie vertauschte ihr vergiftetes Brot mit Hattys auf Goddies Teller, als er abgelenkt war. Gewiss, als er betrunken Jacob konfrontierte. Sie tauscht ihre Backwaren gegen Bier im Bull, also blieb es unbemerkt. Die Mörderin, Sir Edward, ist …"

„Anne Grimston!", kreischte Helen Bennett und polterte durch die Tür in den Saal, worauf sich alle Köpfe zu ihr drehten. Sie wedelte mit einem Pergamentblatt in der Luft. „Anne Grimston, die verschlagene Hure, hat sich mit meinem leichtgläubigen Narren von Mann verschworen, um sein Testament zu ändern. Er vermacht ihr all sein Geld und Land!" Mit einem lauten Keuchen sank sie prompt und theatralisch in Ohnmacht.

Goddies Frau wurde nach vorn gezerrt, um dem Senior-Magistrat gegenüberzutreten.

„Was habt Ihr zu Eurer Verteidigung zu sagen, Anne Grimston?", verlangte Sir Edward.

Hopkins trat vor sie und erhob seine Stimme. „Ihr überschreitet Eure Befugnisse, Sir Edward! Hexerei ist kein gewöhnliches Verbrechen. Ihr habt keine Autorität über Gottes Urteil!"

„Wenn Ihr Beweise habt, so legt sie vor, Hopkins."

Der Hexenjäger hob eine behandschuhte Hand. „Sir, wenn Ihr mir gestatten würdet …?" Er wühlte in seinen Manteltaschen, fand nichts, und begann, unter den Hockern zu suchen.

Anne Grimstons Arme wurden hinter ihrem Rücken festgehalten, ihr blonder Zopf hatte sich gelöst, und ihr Gesicht war zerkratzt. Sie spuckte auf den Boden und funkelte Helen Bennett an, die von vier Männern nach vorn getragen wurde und sich nun vor Sir Edwards Füßen auf dem Boden wiederfand. „Er verabscheute dich und fand Trost bei mir", zischte sie, während sie sich zu befreien versuchte.

Wie auf wundersame Weise wieder zu Kräften gekommen, stürzte sich Helen auf sie, wurde aber von den Dorfbewohnern zurückgehalten. „Ich danke Gott, dass du ihn getötet hast, Hure!", rief sie. „Aber sein Geld wirst du niemals bekommen. Das habe ich mir verdient, indem ich mit dem Schwein lebte!"

Noch ehe ihr Streit eskalieren konnte, schob sich Simon Hopkins zwischen die beiden. Er drehte sich in einem engen Kreis und hielt ein Werkzeug aus seiner Tasche hoch: eine Hexenstechernadel.

Trotz dieses dramatischen Auftritts schenkte ihm ein Großteil der Menge kaum Beachtung, sodass er lauter rufen musste, um sich Gehör zu verschaffen. „Sir, dies ist eine schändliche Verzerrung von Gottes Gerechtigkeit! Gewährt mir diese eine Probe auf Hexerei, damit ich beweisen kann, dass die Frau Pepys tatsächlich eine Hexe ist!"

„Eure Prüfungen sind veraltet, Hopkins", entgegnete Sir Edward mit unverhohlener Genugtuung. „Sie gehören einem vergangenen Zeitalter an."

Die Leute begannen zu johlen, und ein Singsang erhob sich: „Stecht die Hexe! Stecht die Hexe!"

Die unglückliche Paulina Pepys war in all dem Schauspiel vergessen worden. Noch immer sitzend, während ringsum alle standen, hob sie den Kopf und bemerkte all die Augen – manche wütend, manche mitleidig – auf sich gerichtet. Überwältigt vergrub sie das Gesicht in den Händen und zitterte.

Als jemand sie auf die Beine zerrte, sprang ihr Bruder vor und riss den Angreifer von ihrem Arm los. Paulina und Samuel begegneten sich mit Blicken, und sie sank in seine Arme.

Doch der Senior-Magistrat ließ sich von der Stimmung der Menge dazu bewegen, Hopkins diesen letzten, verzweifelten Versuch zu gestatten. So war die Szene bereitet.

Paulina stand mit entblößtem Rücken, die Hände gespreizt gegen die Wand. Die Inquisitoren fanden sich vorn in der erwartungsvollen Menge wieder, neben Mr Pepys und Sir Edward.

Simon Hopkins schritt hinter Paulina auf und ab, murmelte mit gesenktem Kopf Gebete. Für Abby war es nichts als Theater.

Schließlich wandte sich Hopkins der Menge zu. „Zeugt, wie ich diese Frau steche! Ist sie eine Hexe, so wird sie nicht bluten!"

Hopkins drehte sich um, den Holzgriff der Nadel fest in der behandschuhten Hand, und stieß die Spitze langsam, ganz langsam, in Paulinas Rücken. Sie zeigte keinerlei Schmerz, als die ganze Länge der sechs Zoll langen Nadel in ihrem Fleisch verschwand.

Als der Hexenjäger die Spitze herauszog, erschien kein Zeichen.

Die Schaulustigen drängten sich noch näher, und die in den hinteren Reihen reckten die Hälse.

Hopkins wiederholte den Vorgang. Wieder kein Zeichen.

Flüsternde, schockierte Gespräche begannen.

Hopkins wandte sich um, die Augen gen Himmel, die Fäuste geballt, triumphierend. „Der Herr ist auf meiner Seite! Diese Teufelin ist in der Tat eine Hexe!"

Jacob sprang vor, riss dem verblüfften Hopkins den Hexenstecher aus der Hand. Die Hände hoch erhoben, damit alle es sehen konnten, stieß er sich die Nadel in die Handfläche, noch einmal und noch einmal. Kein Blut, keine Wunde.

„Der Griff ist hohl!", rief der Inquisitor. „Die Nadel steckt auf einer Feder!"

Jacob demonstrierte es, indem er mit dem Finger auf die Spitze drückte. Deutlich war zu sehen, wie sich der Schaft in den ausgehöhlten Holzgriff zurückschob.

„Hier, gib mal her!", sagte ein skeptischer Zuschauer, riss Jacob den Hexenstecher ab und wiederholte den Trick. „Er hat recht!", rief der Mann. „Das Ding ist gefälscht! Dieser sogenannte Hexenjäger ist nichts als ein Betrüger!"

Sir Edward winkte Constable Ward herbei, der Simon Hopkins die Handgelenke band, obwohl dieser weder kämpfte noch zu fliehen versuchte. Stattdessen betete er.

Der Senior-Magistrat packte ihn am Hals, zog ihn zu sich heran und knurrte ihm ins Gesicht: „Ihr habt versucht, das Gesetz dieses Landes mit Betrug und Schwindel zu täuschen, Simon Hopkins. Wohl wissend, dass es auf Kosten des Lebens einer unschuldigen Frau ging. Merkt Euch meine Worte: Für Eure Täuschung werdet Ihr hängen."

Chapter Thirty-Three

Nachbesprechung

Im Bull-Inn herrschte große Jubelstimmung. Die Familie Pepys – John und Margaret, Samuel und Paulina – war in Freude wiedervereint und stieß auf die Inquisitoren an, die Paulinas Leben und den Ruf der Familie gerettet hatten.

Abby fragte sich, was Pepys wohl mehr bedeutete, wagte aber nicht, es zu fragen.

Feierlicher Met und Bier flossen in Strömen, und Hatty Nettlewood bereitete ein Festmahl aus gebratenem Fleisch und einer Auswahl herbstlicher Gemüse – Karotten, Pastinaken, Kürbis, Rote Bete, Grünkohl – und natürlich Brot. Jacob riss ein Stück vom Laib, hob es an die Lippen, zögerte jedoch und legte es zurück auf die Platte.

Nachdem das Mahl beendet war, saßen die sechs am größten Tisch des Bull, die Bäuche zum Bersten voll, und John Pepys holte eine Flageolettflöte hervor, um etwas Musik erklingen zu lassen.

Doch sein Sohn hob die Hand, um Ruhe zu gebieten. „Bevor wir uns dem Vergnügen hingeben, möchte ich mehr über Eure Untersuchung wissen", sagte er an Abby und Jacob gerichtet. „Warum, so sagt mir, hat Anne Grimston meine Schwester in ihre finsteren Ränke verwickelt?"

Jacob blickte zu Abby, die ihm gegenüber saß.

„Sie ist nun eingekerkert und wird wohl gehängt werden, daher werden wir die ganze Wahrheit wohl nie erfahren", antwortete Abby. Sie ließ diese Worte wirken, und die Stimmung am Tisch sank merklich. „Aber ich habe einige Theorien."

Anne Grimston und Bulstrode Bennett hätten eine Affäre gehabt, erklärte sie. Rebecca Thacker hatte die beiden gesehen, als sie in das Gärtnerhäuschen gingen, wo Jacob später Bennetts Truhe und Annes Parfum fand. Der Duft war ein Geschenk des Magistrats, seiner Lieblingsduft – doch Anne mochte ihn offenbar nicht, denn das Fläschchen war noch voll.

Bulstrode und Helen Bennett hätten einander gehasst. Doch Bulstrode sei von der verführerischen Anne hingerissen gewesen, die das geschickt ausnutzte und ihn dazu brachte, sein Testament zu ändern, um seine verhasste Frau Helen zu enterben – aus Rache für die Jahre unglücklicher Ehe.

„Erinnert Ihr Euch an unseren Spaziergang nach Huntingdon?", fragte Abby Jacob. „Wir trafen Anne, die uns nur einen flüchtigen Blick auf ihre Papiere gestattete. Wir wissen, dass der Magistrat an eben jenem Tag ebenfalls in Huntingdon war. Ich bin sicher, diese Papiere betrafen nicht das Erbe ihres verstorbenen Mannes, wie sie behauptete, sondern Bulstrodes Letzten Willen. Ich würde wetten, dass der Zeuge, der die Unterzeichnung beglaubigte, der Rechtsgehilfe Owen Turner war – dessen lose Zunge ihm das Leben kostete.

Anne Grimston war weit klüger und skrupelloser, als sie uns glauben machen wollte."

Samuel trommelte ungeduldig mit den Fingern auf den Tisch. „Ihr habt meine Frage nicht beantwortet. Warum hat diese boshafte Frau meine Schwester hineingezogen?"

„Weil sie Goddies Tod brauchte – und was lag näher als ein Hexerei-Komplott? Besonders, wenn man seinen eigenen Mann – das Opfer – dazu bringen kann, die Anschuldigung zu erheben. Ich schätze, Anne wollte ursprünglich nur Rebecca hereinziehen, da Eure Familie bereits einen Ruf zu verlieren hatte. Doch Goddie hat sich wohl verplappert. Schließlich war es Anne selbst, die immer wieder Paulinas Unschuld beteuert hat."

Jacob, der all das mit wachsendem Staunen verfolgte, ergriff das Wort. „Doch sie hat ihren Liebhaber, den Magistrat, ermordet?"

Abby nickte. „Bulstrode Bennett war bereits am Siechtum. Seine Frau würde das bestätigen, doch ich vermute, er litt an Schwindsucht. Anne Grimston war bereit, abzuwarten, bis er starb und das geänderte Testament eröffnet würde. Als Rebecca von der Hexerei freigesprochen wurde, sah sie ihren Plan zerfallen und geriet in Panik. Sie ermordete Bulstrode, um die Testamentseröffnung zu beschleunigen und zugleich den Verdacht auf Paulina als Hexe zu lenken.

Sie hat Bulstrode Bennett niemals geliebt. Ich bezweifle, dass sie je einen Mann geliebt hat, doch sie konnte sie alle um den Finger wickeln. Anne Grimston liebte nur den Reichtum, den sie nun niemals haben wird."

„Noch eine letzte Frage, bitte", sagte Jacob. „Was ist mit Alice Wilkins' Kette und dem Taschentuch? Wenn sie diese nicht von Bulstrode Bennett aus Liebe erhielt, dann von wem?"

„Nein, ich glaube, die hat sie sehr wohl von Bennett bekommen, Mr Standish", entgegnete Abby. „Doch nicht aus Liebe. Die Stallmagd hatte eine Affäre mit dem Arzt Bramwell, die sie vor Lord Fairfax geheim hielten. Ist Euch aufgefallen, dass sie ihn ‚Archie' nannte? Es kam mir zu vertraut vor und weckte meinen Verdacht."

Jacob zog nur seinen Hut in stiller Bewunderung.

Abby fuhr fort: „Der Arzt, der gegenüber dem Gärtnerhäuschen wohnt, wusste von der Affäre zwischen Anne und Bulstrode, schwieg aber klugerweise, da ihm der Einfluss des Magistrats bei Fairfax bewusst war. Er vertraute sich nur seiner Geliebten Alice an – die dann Bennett erpresste. Als Anne das herausfand, schickte sie Alice eine Puppe."

Jacob schlug sich vor die Stirn. „Als ich in Anne Grimstons Haus war, hing dort Lavendel!", rief er aus. „Natürlich hatte sie als Frau eines Landwirts Zugang zu Stroh. Sie war es, die die Puppen machte. Hätte ich das doch nur damals erkannt."

„Wir haben Alice Wilkins vermutlich das Leben gerettet", schloss Abby.

Die Familie Pepys brach in spontanen Applaus aus. Abby strahlte, bemerkte jedoch, dass Jacob niedergeschlagen wirkte.

Samuel klopfte dem großen Mann auf den Arm. „Was bekümmert Euch, Mr Standish?"

„Sir, ich kann mir den Verdienst für Abigails meisterhafte Deduktionen nicht zuschreiben. Sie ist eine bemerkenswerte Inquisitorin, und ich …"

Samuel Pepys erhob sich (ein wenig schwankend), um Jacob formell anzusprechen. „Sir, Ihr habt allein Paulinas Leben gerettet, als Ihr Hopkins' Hexenstecher als hohl entlarvtet."

Jacob hob nachdenklich die Augenbrauen, nickte vor sich hin und richtete seine Perücke. „Die Nadel schien locker, Sir. Es war nur eine Kleinigkeit – eine bloße Lappalie."

Abby huschte um den Tisch herum und zog ihn auf die Füße.

An John rief sie, grinsend: „Bitte, Mr Pepys, spielt auf Eurer Flageolettflöte! Lasst uns tanzen!"

Chapter Thirty-Four

Nach London

Am nächsten Morgen schlief Jacob aus. Abby und ihr Herr hingegen wurden wie gewohnt noch vor Sonnenaufgang wach, obwohl beide mit schmerzenden Köpfen zu kämpfen hatten.

Abby überreichte Pepys einen Brief, den sie an Sir Edward Mallory geschrieben hatte, und bat ihn, für eine sichere Zustellung zu sorgen. Er lautete:

An den ehrenwerten Sir Edward Mallory

Ich schreibe Ihnen in Bezug auf Simon Hopkins, den selbsternannten Hexenfinder.

Obwohl er in seinem Glauben dermaßen verstrickt ist, dass er keine andere Sicht zulässt, halte ich ihn für einen ehrenhaften Mann. Er glaubt aufrichtig, dass sein Weg der rechte ist und dass Dämonen das Land heimsuchen. Dass wir diesen Glauben nicht teilen, macht ihn nicht böse.

Sein einziges Vergehen gegen das Gesetz war der gefälschte Hexenstecher, zu dem er in seiner Verzweiflung griff. Ich bitte Sie, Euer Ehren, ihm Milde zu erweisen.

Ich wünsche mir, Simon Hopkins die Menschlichkeit zukommen zu lassen, die sein Vater dem meinen verweigerte.

Hochachtungsvoll,

Abigail Harcourt

Die Nettlewoods verabschiedeten sich herzlich von ihnen, meinten, solch ein Aufruhr sei in Brampton noch nie gesehen worden, und hofften auf eine baldige Rückkehr. Als Abschiedsgeschenk überreichte Barty jedem von ihnen eine seiner Ersatz-Augenklappen und zwinkerte verschmitzt unter seiner eigenen hervor.

Mr Pepys hatte eine Postkutsche bestellt, die vor dem Gasthaus auf sie wartete. Als die drei sich für die Rückfahrt nach London eingerichtet hatten, fragte Jacob ihn: „Sir, was wird nun aus Ihren Inquisitoren? Werden wir jetzt, da die Brampton-Hexenmorde aufgeklärt sind, entlassen?"

Pepys verschluckte sich fast vor Entrüstung. „Um Himmels willen, Mr Standish! Eure Arbeit als mein persönlicher Inquisitor fängt doch gerade erst an! Ich habe bereits einen höchst rätselhaften Fall im Sinn, der selbst Euch vor ein Mysterium stellen dürfte…"

Wenn Ihnen dieses Buch gefallen hat, ziehen Sie bitte in Erwägung, eine Rezension zu hinterlassen – sie wird sehr geschätzt und hilft wirklich weiter.

Als Nächstes:

Ein Mörder in der Gewandung eines Pestdoktors treibt sein Unwesen in den königlichen Docks Londons in Ein Fall für Samuel Pepys 2: Die Pestdoktor-Morde.

"Diese Serie wird einfach mit jedem Buch besser" – Rambling Mads

Amazon-Link: mybook.to/pepys-de

Band 2

Die Pestdoktor-Morde

*Deptford-Docks, 1666. Die Pest mag vorüber sein – doch der
Tod zeigt sich in neuer Gestalt.*
Amazon-Link: mybook.to/pepys-de
„Ich liebte dieses Buch noch mehr als das erste." – Book-
worm Stephanie

Ellis Blackwood

Ellis Blackwood verliebte sich in die Tagebücher von Samuel Pepys – und in das bunte England des 17. Jahrhunderts, das der große Mann darin so lebendig schildert. Aus dieser literarischen Liebe entstand die Reihe.

Ellis lebt mit seiner Frau, seinen beiden Töchtern und Hund Spike an der Küste von Cornwall. Früher schrieb er als Journalist für viele der bekanntesten Zeitungen und Magazine Großbritanniens. Vor Kurzem hat er außerdem seinen Master in Comedy Writing an der Universität Falmouth gemacht.

Der siebte Band von Ein Fall für Samuel Pepys – The Brampton Ghost Murders – erscheint am 31. Oktober 2025 auf Englisch.

Ich bin auf Facebook und Instagram aktiv und freue mich immer über einen Plausch. Scanne diesen QR-Code, um meine Website und alle Social-Media-Links zu finden.

Danksagung

Ich hätte Die Brampton-Hexenmorde nicht ohne die herausragende Arbeit von Tim Brown veröffentlichen können, dessen Cover eine wahre Freude sind und dessen redaktioneller Rat mir ein Segen war. Ebenso hat meine Frau Sinead im Hintergrund unermüdlich und großzügig dafür gesorgt, dass ich Zeit und Raum zum Schreiben hatte. Mein Dank gilt auch Charles Johnston, dem Erzähler der Pepys Mysteries-Hörbücher, für seine zusätzliche Bearbeitung des Manuskripts.

Wer tiefer in die Welt von Samuel Pepys und die Hexenverfolgungen des 17. Jahrhunderts eintauchen möchte, dem empfehle ich den Einstieg mit diesen Werken:

- *The Illustrated Pepys*, herausgegeben von Robert Latham, Penguin Books (1979)

- *London and the 17th Century* von Margarette Lincoln, Yale University Press (2021)

- *Samuel Pepys: The Unequalled Self* von Claire

Tomalin, Penguin Books (2003)

- *Witchfinders* von Malcolm Gaskill, John Murray (2006)